D'un rêve à une vie
Tome I

Venizia Fercot

D'un rêve à une vie
Tome I

Roman

LE LYS BLEU
ÉDITIONS

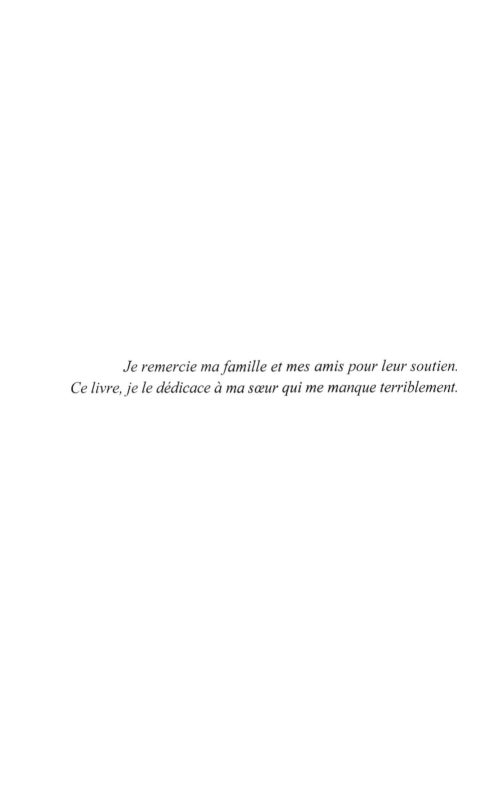

Je remercie ma famille et mes amis pour leur soutien.
Ce livre, je le dédicace à ma sœur qui me manque terriblement.

Chapitre 1
Mon subconscient a parlé !

Six heures trente et on est jeudi matin, la fatigue m'appelle mais je dois me lever pour aller au travail. Aujourd'hui ça fait deux ans que je travaille au garage, et pour fêter ça, je vais ramener de quoi nourrir les collègues.

Habillée, je m'observe quelques instants dans le miroir. Mon physique a toujours été un souci pour moi. J'ai perdu énormément de poids depuis mon retour dans le Nord et même si j'ai encore quelques kilos à perdre, j'en suis très fière. Celle que je suis devenue me plaît. Cependant, je ne mesure qu'un mètre cinquante-trois pour soixante-cinq kilos. Mes cheveux sont ma fierté de tous les jours parce que j'ai mis des années à pouvoir les avoir en bas du dos. J'ai également récupéré ma couleur naturelle, un blond vénitien, magnifique au soleil. Tout en m'observant, un sentiment de manque se fait sentir. J'ai deux choses qui me travaillent : l'une depuis deux ans, et la seconde depuis quelque temps. Le premier c'est ma petite sœur, Emmy. On ne se parle plus depuis bientôt deux ans et elle me manque terriblement. À ce jour, elle refuse la conversation et j'ignore la raison de son silence. Le deuxième, c'est un voyage. J'ai toujours voulu voyager dans un pays loin du mien et où je pourrais apprendre beaucoup de choses.

Enfin prête, j'attrape mes clés, mon sac, et je file à ma voiture, sans oublier de vérifier les gamelles de mes chats. Je ferme ma porte à double tour.

Avant d'aller au travail, je suis passée par la boulangerie. Arrivée au travail, je ne vois pas la voiture du chef, j'en déduis qu'il n'est pas encore arrivé. Tous les garçons sont déjà là et fument leurs cigarettes avant d'attaquer la journée de travail.

— Salut, les garçons, dis-je en sortant de ma voiture. Regardez ce que je vous apporte !

Je sors le sac de ma voiture et l'agite à la vue de tout le monde.

— Ah ! Tu es la meilleure ! J'avais faim en plus, me dit Michel.

— C'est pour quelle occasion ? me demande Bobby.

— Mes deux ans parmi vous ! lui dis-je.

— Déjà deux ans que l'on te supporte ! me dit Hugo.

— Oui ! Je mets le paquet sur le meuble ! leur dis-je en partant.

— Comme d'habitude ! me dit Hugo.

Je passe par l'atelier et mes yeux observent le garage. J'ai du mal à réaliser que j'y travaille depuis deux ans et que j'ai énormément de souvenirs ici. Je passe par la réception mais je ne vois ni Tony ni Pierre à leurs postes. Je file dans mon bureau et, tout en ouvrant la porte principale de mon magasin, la tête de Tommy dépasse depuis l'entrée de mon bureau. Avec le sourire, il me remercie d'avoir rapporté les petits pains.

Tommy repartit, je vois mon livreur de pièces détachées arriver. J'attrape vite mes clés et ouvre la porte arrière, donnant sur l'atelier, pour récupérer mes commandes. Voyant un moteur, mon livreur me dit qu'il est pour moi, mais de mémoire je n'en ai pas commandé.

Un moteur ! Partie chercher mon transpalette, je me dis que je vais tuer Maxime ! C'est compliqué de gérer les dossiers avec un moteur complet. Revenant au camion, le livreur m'aide à l'installer aussi soigneusement que possible. Voulant installer le moteur dans un coin, pour qu'il ne nous dérange pas, Maxime apparaît mais à en croire l'expression de son visage, il n'est pas en très grande forme.

— Ça ne va pas ?

— Si ! J'ai juste mal à la tête et au ventre !

Maxime me sourit aussi bien qu'il le peut, me dit ne pas m'inquiéter et part au bureau. Maxime n'est jamais malade, mis à part quelques maux de tête, mais cette fois-ci ça m'inquiète.

Midi, l'heure de la pause. Je rentre chez moi et avoir eu toutes mes pensées dans mon idée de voyage m'a donné mal à la tête. Je prends un antidouleur et attrape mon portable pour appeler ma mère. Je lui demande de ses nouvelles. Au fil de ma conversation, je lui annonce que je souhaite partir en voyage d'ici deux ou trois ans. Moi qui pensais que ma mère serait heureuse que je parte prendre l'air ailleurs, c'est tout le contraire qui s'annonce.

— Tu veux aller où ? Chez tes voisins les Belges ? me dit ma mère.

— Non, en Asie ! lui dis-je.

— Tu es complètement malade !

Déçue par sa réaction, je n'argumente seulement que par un silence. Je brise ce silence et je lui explique que c'est important mais la seule réponse de ma mère revient toujours à vouloir devenir grand-mère.

— Maman, je suis encore jeune ! Je veux encore profiter de ce temps libre ! répondais-je déçue.

— Tu comptes y aller avec qui ?

Je refuse de le lui dire, je ne souhaite pas encore l'annoncer. C'est trop tôt. Mais ma mère insiste tellement que je coupe court à la conversation et lui souhaite une bonne journée. Je dois dire que ma mère n'a pas de chance avec les huit enfants qu'elle a eus. Aucun de nous ne souhaite avoir d'enfant ou du moins, le plus tard possible. Pour ma part, après ce que j'ai vécu il y a trois ans, je souhaite profiter de la vie un maximum et de la liberté que j'ai encore.

Chapitre 2
Apprendre la langue

J'ai enfin fixé ma future destination, grâce à une série sur Netflix. Partie au centre commercial, je m'arrête au rayon « Langues étrangères » mais ne je ne trouve pas le bon rayon. Je me mets à chercher une vendeuse que je trouve au rayon fournitures scolaires. Celle-ci me guide jusqu'au rayon pour m'orienter et m'aider à choisir mes cahiers d'apprentissage. Elle me donne également de très bons conseils.

— Apprenez d'abord l'alphabet qui est du Hangeul, car les Coréens ont un alphabet autre que le nôtre, me dit la vendeuse.

— Ah ! Merci du conseil ! répondais-je.

Partant en direction de la caisse, je passe par le rayon des romans de science-fiction pour me prendre un ou deux livres. Je regarde tous les livres mais je ne trouve pas mon bonheur et me dirige vers la caisse avec seulement mes livres d'apprentissage.

Rentrée chez moi, je m'installe à mon bureau et commence à feuilleter les cahiers. Voyant tous les symboles, qui signifient des lettres, je me dis que je vais avoir du travail pour apprendre le Coréen !

Cela fait déjà un mois que j'ai commencé à étudier cette langue étrangère et je suis fière de connaître, par cœur, son alphabet. J'ai même téléchargé une application sur mon portable pour améliorer la prononciation mais m'entraînant au travail, je ne peux pas passer inaperçue et Pierre passe sa tête depuis l'entrée de mon bureau.

— Tu nous inventes une langue maintenant ? me demande Pierre.

— Non, j'apprends une langue ! lui répondais-je en souriant.

Pierre se moque de moi et appelle Tony pour le prévenir de sa découverte. Tony se tient derrière Pierre et me regarde avec un sourire moqueur.

— Moi aussi je veux rigoler ! demande Maxime, arrivant derrière Tony et Pierre.

— Amanda apprend le Coréen ! dit Pierre.

— Mon Dieu ! Tu ne veux pas réviser ton français avant ? demande Maxime.

Vexée par leurs remarques, je les pousse hors de mon bureau et ferme la porte derrière eux. À travers la porte, j'entends Maxime :

— Bescherelle qui apprend du Coréen ! Sérieux ?

— Je t'ai entendu ! ai-je crié.

En vacances ce soir, je vais pouvoir rendre visite à ma famille. Eux qui vivent à sept cents kilomètres de moi, mais n'ayant pas un grand salaire, je leur rends visite une fois par an. Je vais pouvoir également continuer mon apprentissage du coréen en toute tranquillité.

Chapitre 3
Les vacances commencent

Arrivé à la gare de Lyon, je vois mon frère au loin. Courant vers lui, je lui saute dans les bras.

— Un an déjà ! Le temps passe trop vite quand même, dit Alec.

— Oui !

— Allez, on y va ! dit Alec en prenant ma valise.

Alec se plaint que ma valise soit lourde. Je lui explique que c'est à cause de son cadeau, donc il fait attention à bien manœuvrer ma valise par peur de la casser. À chaque visite, c'est un peu comme Noël pour eux, je ramène toujours un petit cadeau. Même pour Emmy mais c'est ma mère ou Alec qui lui donne sans dire que ça vient de moi.

Arrivés chez ma mère, Alec se gare devant l'immeuble. Du fait que ma mère est à son rendez-vous, j'appelle Phil pour lui demander où se trouvent les petits. Il me dit qu'ils sont au parc. Quand j'ai réservé mes billets, il y a deux mois, j'ai demandé à ma mère de ne rien dire aux petits pour que je leur fasse la surprise de ma venue.

Je me cache derrière un arbre pendant qu'Alec se dirige vers eux. Il me fait signe de sortir, je me positionne à environ vingt mètres d'eux. Ils en restent bouche bée durant quelques secondes. Ils crient tous mon prénom. Leurs jambes se mettent à courir et ils me sautent dessus. J'en perds l'équilibre et me retrouve allongée dans l'herbe. J'ai droit à plein de câlins et de bisous de leur part. Être séparée d'eux c'est difficile par moments mais je sais que chacune de mes visites me comble de bonheur.

Les petits s'écartent de moi et Phil m'aide à me relever. Il me serre dans ses bras à son tour.

— De retour pour combien de temps ? me demande-t-il.

— Une semaine et demie.

— Content de t'avoir à nouveau à la maison.

Cinq ans après la séparation de mes parents, Phil est rentré dans notre vie. Malgré des débuts compliqués, il fait partie de la famille intégralement, au grand bonheur de ma mère depuis plus de dix maintenant. À la suite de cette union, ils sont eus Lou et Emilya, ce qui fait beaucoup de monde à la maison pour les fêtes de fin d'année et deux anniversaires en plus à compter dans l'année.

Après le moment au parc, nous rentrons à l'appartement et je commence à défaire ma valise. Lou voit les paquets cadeaux sous ma pile de pulls et me regarde.

— C'est pour nous, Nana ? me demande-t-il.

— Hum… Je ne sais pas ! Tu as été sage avec maman ? lui demandais-je en souriant.

— Oui ! J'ai même eu une bonne note à l'école !

— Oh ! Tu ne m'as même pas dit !

Lou baisse sa tête avec un air triste.

— J'ai oublié, Nana, désolé ! me dit-il.

— Mais je rigole ! Bien sûr qu'ils sont pour vous ! lui dis-je en le chatouillant.

Emilya arrive dans la chambre, je l'attrape et je commence à la chatouiller à son tour. Les entendre rire me rend si heureuse. Emilya me supplie de la laisser tranquille et surtout de la laisser respirer.

Ma valise vidée, je la range soigneusement dans le placard du couloir et je file au salon, les bras chargés de paquets cadeaux. Apercevant tout le monde assis au canapé, Alec me regarde, un sourire aux lèvres, et son regard me supplie d'aller plus vite en distribuant les paquets.

Après avoir distribué les paquets à chacun, je leur donne le feu vert pour les ouvrir. Voir dans chacun de leurs regards une joie débordante me fait chaud au cœur. Alec a un œuf de dragon en verre. Lucille, une peluche gâteau du groupe de K-Pop, Bunch of Boys. Emilya a du vernis à ongles pour enfant. Lou possède une voiture téléguidée et pour ma mère et Phil une parure de lit en satin. Nathan et Noa n'étant pas encore rentrés du travail. Je pose les cadeaux au-dessus du meuble, et pour Emmy du maquillage professionnel que je donne à Alec. Ils sont tous ravis de leurs cadeaux, ce qui me rend plus heureuse que ma présence auprès d'eux.

Adossée au mur, j'observe ma famille et je constate qu'en un an ils sont beaucoup changés. Alec est toujours le même mais a perdu beaucoup de poids. Ma mère est toujours restée la même, fine, petite et brune. La seule chose qui a changé c'est qu'elle est plus épanouie dans sa vie et cela se lit sur son visage. Lucille a encore plus grandi, elle me dépasse de quelques centimètres. Emilya n'a que quatre ans mais est déjà grande pour son âge et Lou risque d'avoir un léger surpoids, mais si ma mère continue de faire attention à ce qu'il mange, il n'en aura pas. Ce qui est drôle c'est que ma mère à eux huit enfants et on est tous blond aux yeux verts, sans aucune exception. Pour ce qui est de Nathan et de Noa, ils font bientôt trois têtes de plus que moi et sont costauds. Le rugby leur convient bien comme sport.

Nathan et Noa sont rentrés du travail et à peine sont-ils arrivés qu'ils m'embêtent déjà. Ils sont beaucoup plus grands que moi et me taquinent sur ma taille. C'est leur passe-temps fétiche.

— C'est marrant ! Tu es toute petite, me dit Noa, en tapant le haut de ma tête.

— En tout cas, je te fais baisser les yeux pour me regarder !

— Bon, allez, viens là ! me dit-il en me serrant dans ses bras.

Ma tête posée sur son épaule, je vois Nathan attendre son tour. Je m'écarte de lui, Nathan affiche un sourire et me serre à son tour.

Les retrouvailles terminées, je leur demande de s'asseoir au canapé, j'attrape les paquets et le leur donne. Nathan ouvre son paquet en premier, sa tête se lève dans ma direction, les yeux grands ouverts. Un sourire se dessine sur son visage.

— Tu l'as trouvé où ? me demande-t-il.

Refusant de répondre, je mets seulement mon index sur ma bouche et lui fais un clin d'œil. Nathan sort la surprise du paquet et y en retire un jeu vidéo en édition limitée. À la sortie du jeu, Nathan n'avait pas encore de travail. Je savais qu'il voulait ce jeu à tout prix. Donc à la date de sortie, je me suis levée très tôt et je suis arrivée parmi les premiers pour en avoir un. Noa ouvre son cadeau à son tour, lui aussi est surpris. Il me regarde à son tour avec les yeux grands ouverts :

— Mais tu les as trouvés où ? me demande-t-il.

Je refuse de lui répondre également, et tous les deux se lèvent et me serrent dans leurs bras. Noa sort également le cadeau et une figurine Hulk apparaît :

— Mais comment tu as pu avoir les deux ? Ce sont des éditions limitées ! dit Noa.

— Ne vous posez pas trop de questions ! répondais-je.

— Un grand merci, Amanda !

La figurine, j'ai pu l'avoir par un ami qui travaille dans une boutique spécialisée et qui a réussi à en mettre une de côté pour moi. Partie dans leurs chambres, je suis Noa dans ses pas. Je le regarde exposer son cadeau en évidence. Son regard pétille de joie.

Chapitre 4
Interdiction de ma mère

Cela fait déjà cinq jours que je suis arrivée. Le nez dans mes livres et la musique dans les oreilles, je me mets à sursauter de peur. Je me retourne et je vois ma mère en pleurs, tellement qu'elle rit. Je retire mes écouteurs.

— Mais ça ne va pas la tête ! Tu m'as fait peur !

Derrière son rire, ma mère arrive à se calmer.

— Tu aurais vu ta réaction ! Oh mais que c'était drôle ! me dit ma mère.

— AH ! AH ! Très drôle ! lui dis-je.

Voyant ma mère continuer de rire, je la regarde attentivement et rigole à mon tour. Nous partons toutes les deux dans un fou rire. Une fois calmées, ma mère me regarde :

— Tu fais quoi pour être aussi concentrée ?

— Euh… J'apprends une langue étrangère !

— Encore cette histoire de voyage ?

J'explique à ma mère que j'ai choisi ma destination et que je poserai mes valises en Corée du Sud. Ma mère ne sait pas où se trouve ce pays. Je prends mon téléphone, j'actionne Google Maps et lui fais voir où se trouve la Corée du Sud. Ma mère regarde la distance qu'il y a entre la Corée et la France, lève son visage et me regarde sans dire un mot. Son expression est clairement affichée, et je peux lire de l'inquiétude dans son regard :

— Euh… Ouais ! Tu sais, tu peux aller à Genève ou au mont Saint-Michel aussi ! me dit-elle calmement.

— Je ne veux pas aller à Genève ou au mont Saint-Michel, je veux aller en Corée du Sud !

— Ouais ben, on en reparlera ! me dit ma mère.

Ma mère quitte le salon et part à la cuisine. Je respire un grand coup et je la rejoins.

— Maman !

— Non ! Tu ne mettras pas les pieds là-bas ! me dit-elle furieuse.

Son visage est noyé d'inquiétude mais également de peur.

— Le problème pour toi c'est que c'est loin !

— Exactement ! Donc tu n'iras pas là-bas, point final !

— Je peux le comprendre que tu t'inquiètes mais ça me tient à cœur, et j'attendais de ta part un minimum de soutien ! lui dis-je.

Furieuse de ne pas avoir le soutien de ma mère, je quitte la cuisine, range mes cours dans mon sac et prends ma veste. Arrivée à la porte d'entrée, je stoppe et crie à ma mère :

— J'irais chercher les petits à l'école, ne t'inquiète pas pour ça !

Je n'attends aucun retour de sa part et ferme la porte derrière moi. J'enfile mes écouteurs et quitte l'immeuble, bredouille. Tout le monde adore l'idée, sauf ma mère. Ce qui me blesse beaucoup. Je ne m'attendais pas à ce qu'elle saute de joie mais je pensais avoir un minimum de soutien pour ce projet de voyage.

Chapitre 5
Une mère sait tout

Rentrée de l'école de Lou et Emilya, ma mère ne m'adresse toujours pas la parole. Après le goûter, j'installe Lou au bureau et l'aide pour ses devoirs. Tout en donnant une tactique à Lou pour apprendre sa poésie, j'entends mon téléphone sonner et je vois le nom d'Alec s'afficher sur mon écran. J'indique à Lou la phrase à connaître par cœur, je pars me poser au balcon et décroche l'appel. Alec se porte bien et me demande comment se passent mes vacances depuis mon arrivée. Je lui dis que je me suis un peu disputée avec notre mère, dû à mon voyage. La réaction de notre mère ne l'étonne pas. Ma mère lui avait déjà parlé de mon idée et de son point de vue. Elle refuse que j'y aille et surtout je ne lui ai toujours pas dit avec qui je souhaitais y aller même si elle a dit à Alec qu'elle avait son idée mais qu'elle ne disait rien car elle n'en est pas sûre.

— Sinon je finis le travail dans une heure, ça te dit une soirée rien qu'à deux ? Je t'invite au McDonald !

— Mais tu me prends par les sentiments, là ! dis-je en agitant mon index, un sourire aux lèvres.

— Oui, je sais !

Je finis ma conversation avec Alec et en raccrochant je me dis qu'il faut que je prévienne ma mère que je ne serais pas là ce soir. Je rejoins ma mère en cuisine en traînant des pieds :

— Je ne mange pas là ce soir, Alec veut passer du temps avec moi !

— Hum ! me dit-elle sans me regarder.

Mon cœur se serre à la réponse de ma mère.

— Maman ! Regarde-moi, s'il te plaît !

Ma mère pose son éponge et la vaisselle sale dans l'évier et me regarde sans dire un mot :

— Je sais que tu ne souhaites pas que je parte, mais c'est un rêve de partir. Je ne pars pas maintenant ni demain.

— Et tu comptes en parler quand, à ta sœur ?

Les yeux grands ouverts, je regarde ma mère me fixer dans les yeux.

— De quoi tu parles ? demandais-je.

— Ta sœur, Emmy, tu comptes lui en parler quand que tu souhaites y aller avec elle ?

— Comment tu as su ?

Ma mère me regarde attentivement et je vois de la tristesse dans son regard. Sa main prend la mienne et elle m'attire vers elle. Ma mère m'enlace et me serre contre elle.

— Je suis ta mère, tu ne peux pas avoir de secret pour moi ! me dit ma mère, le cœur serré.

Je m'écarte d'elle et la fixe. Ses yeux sont sur le point de craquer.

— Pour le moment, je ne vais rien lui dire. Je veux renouer le contact avec elle pour commencer.

Ma mère me souhaite bon courage pour renouer le contact avec Emmy. Parce que toutes les deux nous connaissons Emmy et nous savons que ce ne sera pas facile. Ma mère pose sa main sur ma joue.

— Promets-moi que tu feras attention une fois arrivée là-bas ?

— Je te le promets, maman ! lui dis-je.

Ma mère me sourit tendrement et repart à sa vaisselle. Je pars rejoindre Lou et finis de l'aider avec ses devoirs.

Les devoirs terminés, je pars dans la salle de bain pour me préparer et me lisser les cheveux.

Chapitre 6
Petit moment avec mon frère !

Alec a un peu de retard mais il est enfin là. En route vers le McDonald's, je lui dis que j'ai eu une conversation avec notre mère. Je lui dis qu'elle accepte de me laisser partir et qu'elle est également au courant que je souhaite emmener Emmy avec moi. Lui aussi me souhaite bon courage pour renouer le contact.
Après avoir pris notre commande, on s'installe en terrasse. Au fil de la conversation, Alec me demande si tout se passe bien au garage. Je le rassure en lui disant que tout va bien et que ça fait déjà deux ans que j'y suis. Il me félicite que j'ai enfin trouvé ma voie professionnelle. Je me sens tellement bien au garage. Cela étant dit, c'est de famille de travailler dans le monde automobile. Pratiquement toute notre famille est mécanicienne. Ce travail me donne le sourire et la joie de vivre, malgré un début un peu compliqué pour moi.

— Sinon toi, comment tu vas depuis… dit-il sans finir sa phrase.

Je sais de quoi Alec veut parler. Ça a été une période très compliquée pour moi. Quand je suis sortie de l'hôpital, Alec refusait de me laisser seule et avait pris quinze jours de congés pour veiller sur moi à son retour c'est Nathan qui était venu me tenir compagnie. Cette période, j'évite d'en parler pour pouvoir avancer dans ma vie. J'ai retrouvé ma joie de vivre et le goût pour la vie. À l'époque ma mère m'avait beaucoup aidé pour que je puisse garder mon appartement et que je puisse manger. Ça fait bientôt deux ans et demi et j'ai toujours refusé d'en parler autre qu'à mon psychologue.

— Je vais très bien ! lui dis-je.

— Je suis ton petit frère, si tu as besoin de parler je suis là !

— Je sais, lui dis-je souriante, pour le rassurer.

Depuis cette période, je ne suis plus la même. J'ai énormément changé. Je n'exprime plus mes sentiments comme avant, je préfère les exprimer par des gestes, c'est moins douloureux pour moi. Cependant je me suis beaucoup renfermé sur moi-même. Mes collègues de travail connaissent la Amanda de maintenant, pas celle d'avant. Grâce à ce travail j'ai repris du poil de la bête. Je ne peux pas dire que je suis heureuse à cent pour cent, car c'est faux, mais ce travail m'a beaucoup apporté et mon chef m'a beaucoup aidée également. Être la seule fille au garage m'a permis de plus m'affirmer et de renforcer mon caractère. Je laissais trop de choses passer et les gens pouvaient me manipuler à leur guise sans que je dise un mot. À la suite de ce passage difficile, j'ai pu voir qui avait été là pour moi et à ce jour je ne parle plus ou me suis éloigné de certaines personnes pour mon propre bien. J'ai repris ma vie en main et la confectionne à mon image. À l'heure d'aujourd'hui je vais mieux mais me faudra encore un peu de temps pour me sentir à nouveau moi-même.

Sortie de mes pensées, le regard d'Alec me fixe. Un sourire se dessine sur son visage.

— Tu étais perdue dans tes pensées ?

— Exactement ! lui dis-je.

Lui souriant, je finis mon repas et demande un service à Alec.

26

— J'ai besoin de ta voiture demain, tu me la prêtes pour la journée ?

— Euh… Je ne sais pas trop !

— Promis, je ferais attention et je te la ramène à ton travail.

Alec me regarde attentivement. Je lui explique je dois me rendre quelque part spécial pour moi. Alec accepte et me demande juste de venir chercher sa voiture au travail.

Rentré à la maison, tout le monde est couché. Je fil me mettre en pyjama et je vais me coucher. Demain une journée m'attend.

Chapitre 7
Mon coin de paradis !

Après quarante-cinq minutes de route et deux bus j'ai enfin rejoint Alec sur son lieu de travail. J'envoie un texto à Alec pour le prévenir que je suis devant et que je l'attends. Quelques minutes plus tard, Alec sort et me sourit de plus belle.

— Tu promets de faire attention à mon bébé ? me demande-t-il.

— Je te le promets !

Alec affiche un air non rassuré mais me tend ses clés de voiture. Je le remercie et le laisse retourner à l'intérieur. Je monte dans la voiture et j'oublie qu'Alec est plus grand que moi. J'arrive à peine à atteindre les pédales. Je règle tout à ma hauteur et commence à prendre la route.

Après environ trente minutes de route, je suis presque arrivé. Je me gare et prends le petit chemin en pierre pour arriver à ma destination finale.

Arrivé, je ne peux qu'admirer la vue que le paysage m'offre. Assise sur le banc en bois face à cette vue, j'observe les montagnes qui se croisent et je me dis que je ne peux que remercier la nature d'offrir une telle vue. Les couleurs de l'automne commencent à installer sur les hauteurs des montagnes. Seuls le vent et le bruit des arbres se font entendre, ce qui m'apaise beaucoup.

J'aime venir ici à chacune de mes visites, pour recharger les batteries mais surtout reposer mon moral. Je n'ai pas de montagne dans le Nord, seules mes visites au bord de la mer les remplacent.

Les yeux rivés sur les montagnes, je pense à Emmy et à la conversation que j'ai eue avec ma mère hier. Je refuse de parler du voyage à Emmy, je ne veux pas qu'elle pense que je l'achète avec un voyage. Ma sœur me manque et je ne peux qu'ignorer ce sentiment. Cependant je la connais par cœur et qu'elle est forte rancunière. J'ai ma petite idée sur la raison de son silence envers moi, mais n'ayant pas pu en discuter avec elle, cette idée reste avec un point d'interrogation. Je ne perds pas espoir qu'un jour la communication soit à nouveau présente, chaque jour je pense à ma décision et je me dis que malgré tout ça, j'ai fait le bon choix pour moi.

Ça n'a pas été facile de laisser ma famille ici, en Ardèche, même si certains jours c'est compliqué. Mais il le fallait ! Je ne pouvais plus vivre ici, ce n'était plus possible pour moi à l'époque.

Toujours assise, je sors mon bloc-notes et mon stylo et commence à écrire une lettre pour Emmy. Je ne sais pas par où commençais mais je me lance. Même si mon cœur se serre à chaque mot, je laisse mes pensées s'écrire toutes seules.

Trois heures sont passé et je me dis que je vais aller manger et comme je possède une voiture, je vais en profiter pour aller faire les magasins aux alentours du travail d'Alec comme ça je vais pouvoir lui rendre à l'heure.

Après une bonne journée, ma carte bleue pleure mais je suis heureuse d'avoir trouvé de magnifiques pulls pour l'hiver. Je me gare sur le parking et envoie un texto à Alec pour le prévenir que je suis là. Alec me répond aussi vite et me dit qu'il finit dans une heure. Ne reste plus qu'à l'attendre et rentrer chez ma mère.

Alec me sort de ma sieste en toquant à la fenêtre. J'ouvre la porte :

— Tu as été à ton coin de paradis ? me dit Alec.

— Oui !

— Tu vas nous y emmener un jour ?

— Allez, grimpe, je conduis !

Alec me regarde, les yeux grands ouverts. Lui indiquant le siège juste à coter, il est encore moins rassuré que tout à l'heure mais accepte et grimpe dans sa voiture.

Chapitre 8
Message à Emmy !

La fin de mes vacances de fait sentir, finissant ma valise pour reprendre la route à midi, Emilya et Lucille pleurent déjà mon départ.

— Ne pleurez pas ! Je reviendrais ! leur dis-je en les prenant dans mes bras.

— Tu vas beaucoup me manquer Nana ! me dit Emilya.

Je pose ma main sur le visage d'Emilya et ressuie une larme avec mon pouce.

— Promis, je reviendrais ! lui dis-je.

Midi, l'heure du départ ! Alec est arrivé pile à l'heure, comme d'habitude. Je dis au revoir à tout le monde et les larmes sur chaque visage se font montrer. Tout le monde me serre dans leurs bras et mon cœur se serre à chaque câlin. J'ai dû dire au revoir ce matin très tôt à Noa et Nathan car ils travaillent tous les deux. Je repars le cœur lourd mais rempli de souvenir.

Arrivé à la gare de Lyon, Alec me rend ma valise. Je le regarde puis me décide à lui tendre la lettre que j'ai écrite pour Emmy.

— Tu pourras lui donner ? demandais-je.

— Ça sera fait ! répond-il.

Alec prend la lettre et la range immédiatement dans sa sacoche. Je ne serais l'expliquer mais je sais que si c'est Alec qui lui donne, elle lira la lettre. Ce qui est de me donner une réponse j'en suis moins sûr. Le principal c'est qu'elle la lise et qu'elle sache ce que je ressens depuis trois ans.

Alec me serre dans ses bras et me souhaite bon voyage. Avant de monter dans le train, je le regarde s'éloigner de moi et me dit que mon petit frère a bien grandi.

Installé à mon emplacement, je retire ma veste et m'installe confortablement.

Sur mon trajet, je ne peux penser qu'à cette lettre que je lui ai écrite. Plus le temps passe et plus ma sœur me manque. Ayant fait un pas vers elle j'espère qu'elle verra que ma démarche est sincère. J'ai laissé parler mon cœur sur cette lettre et j'espère du fond du cœur qu'elle me fera un retour.

Emmy,

À ce jour, ça fait trois ans qu'on ne s'adresse plus la parole. Tu es ma petite sœur et je peux te dire qu'aujourd'hui ma sœur me manque beaucoup. J'aimerais retrouver cette complicité de sœur qu'on avait auparavant.

La vraie raison de ton silence, je l'ignore et cela me brise beaucoup, avec le temps !

J'aimerais avoir de tes nouvelles rapidement !

Amanda

Chapitre 9
Ma loute ! Justine !

Le trajet du retour est très long, on a dépassé Paris donc reste environ une heure de train avec quinze minutes supplémentaires de trajet en voiture pour être à nouveau chez moi. Justine vient me chercher à la gare de Lille. J'espère qu'elle sera à l'heure.

Je suis arrivé en gare de Lille, mon Dieu le monde qu'il peut y avoir, c'est horrible. Je n'aime pas, on est collé les uns aux autres, j'ai l'impression d'étouffer ! Je me dirige vers le hall et chercher Justine. Mais je ne la vois pas, et continue mon chemin. Tout d'un coup, une folle m'attrape le bras et me serre dans ses bras :

— Oh ma loute ! dis-je.

Elle me serre plus fort et je m'écarte d'elle. Je vois ses yeux injectés de sang et au bord des larmes.

— Qu'est-ce qu'il y a ? lui demandai-je inquiète.

— Je t'expliquerai dans la voiture, allez viens ! me dit-elle m'aidant avec ma valise.

Je ne réponds pas et la suis jusqu'à la voiture. Montée dans la voiture, Justine fond en larme et pose sa tête sur le volant.

— Tu vas me dire ce qu'il se passe, oui ! lui dis-je.

Justine m'explique qu'elle s'est disputer avec Guillaume, son compagnon, et qu'ils ne comprennent plus depuis quelque temps.

— Je sais que tu rentres de vacances mais je peux dormir chez toi ce soir ?

Je lui réponds d'un signe de tête. Voyant Justine tremblait de partout, je décide de prendre le volant. Justine ne me répond pas et accepte que l'on échange nos places.

Arrivée sur le parking de ma résidence, et après avoir garé, je récupère ma valise dans le coffre et Justine son sac sur les sièges arrière. J'installe ma valise dans ma chambre et prépare le canapé pour Justine. Elle s'assied à la table et voir Justine aussi abattue me fend le cœur. Je prends la place juste à côté d'elle et je prends sa main dans la mienne.

— Explique depuis le début ! Je t'écoute.

Justine ressuie ses larmes, se calme et commence à m'expliquer qu'avec Guillaume c'est devenu compliqué depuis quelque temps dans leur couple. Ça fait deux ans qu'ils essaient d'avoir un bébé et qu'ils n'y arrivent pas. Je me souviens qu'il y a un an de ça, ils avaient fait des tests médicaux mais tout allait bien.

— Ça ne serait pas avec la pression qu'il n'y a toujours aucun bébé en vue ?

— Je ne sais pas, cette situation pèse de plus en plus sur notre couple !

Justine m'explique aussi que depuis qu'il est en arrêt de travail dû à son accident de travail, il n'est plus le même. Avant il l'aidait tous les jours à la maison, mais depuis plus rien.

— Vous devriez parler tous les deux et mettre tout à plat.

— J'ai essayé !

— Tu as essayé à ta manière ?

Justine me regarde et me sourit, gênée. Justine est une forte tête, et quand la situation la dépasse, elle laisse ses émotions prendre le dessus et ne se contrôle plus.

— Je m'en doutais !

J'explique à Justine que rien ne s'améliorera si elle continue d'agir à sa manière. Il faut qu'elle sache contrôler ses sentiments et qu'elle sache communiquer, sans ça elle ne pourra pas avancer.

Chapitre 10
Samedi avec les copains

Il me restait deux jours pour profiter un peu avant la reprise du travail. Je décidai alors de rester en pyjama et de m'installer au canapé. Choisissant une série sur Netflix, mon téléphone sonne. Voyant le nom d'Ilan, je décroche tout de suite. Je voudrais tellement que mon voyage soit parfait que depuis j'ai commencé mes cours de coréen, j'ai beaucoup délaissé mes amis et Ilan en fait partie. Il veut que j'accompagne le groupe à un rallye à Seclin.

— Je ne sais pas trop !

— Allez, viens, on ne s'est pas vus depuis un moment ! me dit-il.

Je ne peux nier son argument.

— Soit, tu viens ou je viens te chercher ! me menace-t-il.

Il pense me faire peur mais ce n'est pas le cas, mais je le connais et je sais que sa menace est sérieuse. Je cède.

— Si j'ai une griffe sur ma voiture en allant là-bas, je te tue ! Compris ? le menaçais-je.

— Moi non plus je n'ai pas peur de toi !

— À tout à l'heure !

Ilan c'est mon meilleur ami depuis trois ans maintenant. On s'est connu durant une formation pour adultes et depuis on est l'un avec l'autre. Tous mes week-ends je les passe avec lui. Enfin, je les passais jusqu'à ce que j'apprenne le coréen. Un jour, j'ai eu une très forte dispute avec lui et ne pas avoir eu de ses nouvelles durant deux semaines m'a fait beaucoup de peine. Je me souviens ce jour-là, j'étais sur le point de lui envoyer un texto mais avant même que je le termine, son nom s'était affiché sur mon écran. C'est la première fois qu'il s'excusait, j'ai apprécié sa démarche envers moi et je me suis également excusée.

Arrivée au Rallye, Laura me serre dans ses bras. Contente de la revoir, je lui demande de ses nouvelles et demande à savoir comment se passe l'école. Elle m'explique que tout se passe bien mais que par moment elle dort en cours parce que les cours du professeur en question ne sont pas vivants. Ayant été dans le même centre de formation, je connais ce professeur et je dois avouer que moi-même je piquais du nez par moment.

— En tout cas, ça fait plaisir de te voir ! me dit-elle.

Les autres me suivent pour admirer les voitures déambuler sur la piste qui s'offrait à nous.

Je dois avouer que passer une après-midi avec le groupe me fait le plus grand bien, surtout de voir Ilan. Ma relation avec lui est particulière pour une fille et un garçon de s'apprécier autant. Il est l'un de mes meilleurs amis. Son amitié complète une partie de ma vie.

Chapitre 11
Retour au travail

Stationnée devant la porte du garage, j'attends qu'elle s'ouvre pour y rentrer. Une fois rentrée, je n'ai pas le temps de me garer que j'aperçois Hugo courir dans ma direction. Je m'arrête immédiatement de peur de le renverser, et baisse ma fenêtre. Hugo s'arrête à ma hauteur et baisse sa tête, puis un sourire s'affiche sur son visage et il commence à rigoler.

— Je voulais la faire sérieusement mais je n'y arrive pas ! me dit-il.

— Tu es fou ! J'aurais pu te renverser !

— Gare-toi, on a à te parler ! me dit-il en souriant.

Hugo part m'attendre au niveau de la porte de derrière, celle qui donne sur l'atelier. L'équipe doit me parler ? Je prends une grande respiration et sors de ma voiture. Je ne me sens pas rassurée.

— Je reviens de vacances et vous commencez déjà ? dis-je sérieusement.

— Amanda ! dit Hugo.

Hugo affiche un regard inhabituel. Je ne sais pas comment je dois le prendre mais il est joyeux.

— Quoi ?

— Cache-toi, les yeux et ne triche pas ! demande-t-il.

Mentalement, je suis encore en vacances. Je soupire et exécute sa demande. Ses deux mains viennent se poser sur mes épaules. Il me guide dans mes pas et, les yeux toujours fermés, je l'aide à ouvrir la porte. Je remets mes mains sur mes yeux et Hugo continue à m'aider à avancer.

— Ne bouge pas ! Dès que je te dis « c'est bon », enlève tes mains ! me dit Hugo.

Je ne réponds pas et attends le feu vert d'Hugo. Quelques secondes plus tard, sa voix se fait entendre dans mes oreilles.

— C'est bon ! dit Hugo.

Je retire mes mains de mon visage et je le cherche du regard. Puis un grand « Happy Birthday ! » m'arrive au visage. Je vois toute mon équipe debout devant moi et une décoration faite maison avec des outils de mécanique.

— Oh ! mais c'est quoi ça ? dis-je surprise.

Je très surprise qu'ils me fassent l'horreur d'être parmi eux depuis deux ans.

— Deux ans que l'on te supporte ! Fallait bien marquer le coup ! me dit Michel.

— Oh ! Merci les gars, leur dis-je.

Et sans m'y attendre, une voix se fait entendre dans mon dos.

— Je me souviens encore le jour où tu es venue postuler, dit la voix.

Je me retourne et aperçois mon ancien chef, Adrien.

— Tu es rentrée dans la réception avec un sourire et une joie de vivre débordante qui ne te quittent jamais, d'ailleurs ! dit-il.

Mon regard passe par tous mes collègues et je fonds en larmes. Les gars sont surpris de me voir pleurer, je dois dire qu'en deux ans, c'est la première fois que je pleure devant eux. Je les remercie de cette magnifique surprise et je distribue les petits pains et les croissants achetés par Maxime.

Les garçons retournent à leurs postes de travail tandis que moi je file dans mon bureau. Par miracle, je constate que tout est très bien rangé. Je dépasse ma tête de mon bureau et remercie Tony et Pierre d'avoir respecté mon poste de travail durant mon absence. Parce que la dernière fois que je suis partie en vacances, personne ne l'avait respecté. Ce qui m'avait beaucoup contrariée.

Durant l'après-midi, je classe mes bons de livraison reçus au matin et le visage de Maxime apparaît. Un air sérieux est affiché sur son visage et je me demande ce que j'ai bien pu faire pour qu'il soit aussi sérieux.

— Amanda ? Je peux te voir ? me demande-t-il sérieusement.

— Euh… oui ! lui dis-je en me levant.

Maxime rentre davantage dans mon bureau et referme la porte derrière lui. Son air sérieux plus un son silence me fait froid dans le dos. Il s'installe sur la deuxième chaise et me regarde attentivement.

— Tes vacances se sont bien passées ? me demande-t-il.

— Oui très bien ! J'ai pu profiter un maximum de tout le monde.

Maxime me fait seulement un signe de tête comme pour acquérir ma réponse. Puis, il m'explique qu'une jeune femme a appelé durant mes vacances et qu'elle a demandé à lui parler en personne. Maxime a pris l'appel et la jeune femme lui a dit qu'il fallait se méfier de moi et que j'étais instable. Maxime lui a demandé de s'expliquer et cette jeune femme lui a tout révélé. Elle lui aurait révélé ma période compliquée, dans les moindres détails. Il m'explique aussi qu'elle a refusé de lui donner son identité mais qu'elle avait l'air trop informée sur moi et que je devais la connaître. Un prénom me vient en tête mais je ne peux pas l'accuser sans preuve. Je vais devoir la faire parler. La colère mais aussi la honte me submergent de l'intérieur. J'ai honte qu'il sache tout ce qu'il s'est passé et de mon geste. Je ne voulais pas que ça se sache. J'ai commencé à travailler ici j'étais perdue, c'était uniquement pour reprendre un rythme de travail puis je me suis attachée à ce garage et à cette équipe. Depuis je ne pus renoncer au contrat que l'on m'a proposé à l'époque.

— Écoute, Maxime, cette partie de ma vie…

Maxime me coupe la parole et me dit que je n'ai pas à me justifier. Que justement je devrais être fière de moi d'avoir eu le courage de sortir la tête de l'eau. Surtout après une telle épreuve. Il comprend que je n'en ai parlé à personne et d'avoir repris goût à la vie après une telle épreuve.

— J'ai dit à cette personne que ce n'était pas bien de rapporter de telles choses et que justement tu devrais être plutôt fière de toi !

Ne plus savoir quoi dire, je lui souris, mal à l'aise. Maxime me tend un jeton pour la machine à café et me dit d'aller prendre l'air cinq minutes avec tout ce qu'il m'a dit, j'en ai besoin. Je prends le jeton et je regarde Maxime.

— Merci !

Maxime ne me répond pas et pose uniquement sa main sur mon épaule pour me montrer son soutien.

Je lui souris et quitte mon bureau. Je passe par la machine à café et prends mon portable et envoie un texto à cette fameuse personne.

Moi

Tu n'as pas fini de me gâcher la vie ! ça fait deux ans que je ne t'adresse plus la parole et peu m'importe ce qu'il t'arrive dans ta vie ! Tu es vraiment une personne toxique !

Mélissa

Je ne vois pas de quoi tu veux parler !

Moi

Tu le sais très bien, tu as fait la même chose quand j'étais en formation. Cette fois-ci je ne laisserai pas passer ! Tu me laisses tranquille ou je porte plainte contre toi !

Mélissa

Vas-y ! Laisse tomber, façon ton chef a pris ta défense !

Moi

Merci pour tes aveux !

Mélissa est mon ancienne meilleure amie. Je la connais depuis que j'ai douze ans. Elle a toujours profité de moi et de ma gentillesse. Après cette épreuve, j'ai remarqué chez elle beaucoup de jalousie et j'ai décidé qu'elle ferait partie des personnes que je ne souhaitais plus dans ma vie. « Tu ne peux qu'être fière de toi », les paroles de Maxime résonnent dans ma tête et au fond de moi je sais qu'il a raison, mais ça m'est encore compliqué de l'admettre à voix haute.

Après cette épreuve, j'ai aussi remarqué que beaucoup de personnes voulaient gérer ma vie à leur image. Mais je n'étais pas d'accord. Je suis le seul maître de ma vie. Seul moi gère ma vie comme je le souhaite. Et personne ne me fera changer d'avis sur ça !

Perdue dans mes pensées, Tony arrive et me secoue par l'épaule.

— Ben alors, Bescherelle, tu es dans la lune ? me dit-il en souriant.

— On dirait !

Tony ne me pose aucune autre question est reste en ma compagnie dans le silence. J'ai caché cette partie de ma vie à tout le monde. Je suis même allé me faire tatouer mon bras une semaine avant que mon contrat ne commence. Je me suis dit : « c'est caché, personne ne sera ».

Chapitre 12
Seule avec mes pensées

La conversation avec Maxime, cette après-midi, m'a beaucoup secoué. Je n'ai aucune envie de rentrer chez moi et je décide d'aller me balader en voiture. Seule dans ma voiture et avec ma musique, je roule sans forcément savoir ma destination.

Une heure plus tard, sans m'en rendre compte, je me retrouve à Dunkerque. Ma conscience m'y a emmenée et je me rends compte qu'il fut un temps j'aimais venir ici, le soir, pour me vider la tête. J'ai trouvé une place de parking à une rue de la plage. Je récupère mon sac et mon portable. Je mets également mes écouteurs et commence ma route en direction de la plage. Prenant mon sac et mon téléphone, je ferme correctement ma voiture et prends la direction de la plage.

Arrivé au bord du sable, je retire mes baskets et mes chaussettes et commence à agiter mes pieds dans le sable. Le contact avec le sable est doux et frais, ce qui me fait le plus grand bien. Je commence à marcher et retire mes écouteurs pour profiter du bruit des vagues. C'est vraiment reposant, mentalement, d'être ici. Les mini vagues s'invitent sur mes pieds, faisant des vas et viens et l'eau est vraiment froide. Je commence à profiter de la vue du coucher de soleil et à marcher le long de la plage.

Marcher et me retrouver avec moi-même me fait beaucoup réfléchir à mes actes. Tout le monde pensé que c'était pour attirer l'attention, même Emmy le pensait. Mais quand Alec est arrivé à ma sortie t'hôpital, il a contacté ma mère et lui a dit que ce n'était pas de la comédie.

Ma vie en Ardèche, que je n'ai jamais vraiment supporté plus vouloir aider les gens, m'a plus infecté que je le pensais. Avec tout ça je me suis perdu moi-même. Après ça, j'ai stoppé certaines relations amicales, je le devais, pour mon propre bien.

Deux mois après ma sortie de l'hôpital, je commençais à aller mieux. J'ai repris la vie du quotidien. Sortir de chez moi, mettait encore très difficile mais avec le temps j'y suis arrivé. J'ai eu un énorme soutien, venant de ma famille et de mes vrais amis. J'ai pris des cours avec un spécialiste qui m'a beaucoup aidé. Avec le temps, j'ai commencé à reprendre confiance en moi.

À l'heure d'aujourd'hui, certaines choses sont compliquées pour moi mais je réfléchis à comment je peux surmonter chaque épreuve. Si c'est un échec, j'en prends leçon et je continue mon chemin. Je n'arrive plus à m'attarder sur tout ce qui n'a pas d'importance.

Malgré tout ça, malgré ma revanche sur la vie, j'ai toujours une pensée pour Emmy. Car elle me manque beaucoup et j'aimerais lui dire tant de choses.

Chapitre 13
Ma nouvelle voiture et Ilan

Quatre mois sont passés, nous voici mi-février et l'hiver nous quitte petit à petit. Aujourd'hui, nous avons le droit à un magnifique soleil avec un ciel totalement bleu. En route pour le travail dans ma toute nouvelle voiture. Depuis le temps que je voulais ce modèle et après un crédit sur quatre ans j'ai enfin reçu ma Peugeot 208, modèle sport et surtout dans la couleur que je voulais, c'est-à-dire en jaune. Je suis tellement heureuse d'avoir enfin la voiture de mes rêves. De plus j'ai eu une superbe remise sur la reprise de mon ancienne voiture qui était en très bon état. Ilan me taquine depuis que je l'ai pour l'essayer mais personne ne conduit ma voiture. C'est mon bébé.

Depuis que je la possède, tout le monde me taquine. Mais surtout j'adore leur répondre qu'ils devront s'y faire car ils verront tous ma voiture tous les jours de la semaine.

Quand j'arrive dans mon bureau, Maxime me prévient que le livreur est déjà passé et qu'il a récupéré mes retours pour l'usine.

Je pars au quai de livraison et pendant que je contrôle mes arrivées, deux mains viennent s'installer devant mes yeux. Je les retire et me retourne. Ilan !

— Oh Bouclette, qu'est-ce que tu fais ici ?

Ilan me regarde tout souriant.

— Je suis venue voir ta nouvelle voiture !

— Pendant tes heures de travail ? Mais bien sûr !

Ilan rigole et m'explique qu'il est ici pour venir chercher une voiture pour le service carrosserie.

— Tu n'es pas au service carrosserie pourtant !

— Personne ne pouvait venir, donc je me suis proposé ! Comme c'était calme au service rapide !

— Ah ! Je vois !

Je l'accompagne au bureau de l'atelier et Maxime lui donne les clés du véhicule en question.

— On va voir ta voiture maintenant ? me demande Ilan.

— Pas trop longtemps ! dit Maxime.

— D'accord !

Je pars chercher mes clés et rejoins Ilan au parking des employés. Ilan m'y attend déjà visage plaqué sur mes vitres.

— Mais ne te colle pas, tu vas salir mes vitres ! lui dis-je.

— Tu la laveras ! me répond-il.

— Allez, ouste ! Bouge, ne fais pas plus de traces ! dis-je.

J'ouvre la voiture avec ma clé et sans aucune hésitation il s'installe derrière le volant. Ilan me regarde et me tend sa main pour que je lui donne la clé.

— Tu la démarres seulement ! Tu ne la conduis pas ! Compris ? dis-je.

— J'ai compris ! me dit-il.

Je lui donne la clé et sans perdre une seconde il la récupère et démarre la voiture. Tout heureux, il fait grogner le moteur.

— Je ne pensais pas que ce petit modèle en avait sous le capot ! Ouvre le capot, que j'y jette un coup d'œil.

Ilan actionne le levier et j'ouvre le capot. Ilan sort et vient observer ce que cache mon moteur :

— Il y a beaucoup mieux mais c'est pas mal pour un petit modèle sport ! me dit-il en rigolant.

— Elle est parfaite ! lui dis-je.

Ilan referme le capot et éteint la voiture. Nous repartons au bureau et Ilan voit avec Maxime pour la voiture qu'il doit rapporter à Villeneuve-d'Ascq et vient me dire au revoir.

C'est la première fois en deux ans que je vois Ilan au travail. Ça m'a fait grandement plaisir de le voir.

Chapitre 14
Une année plus tard

Voici trois ans que je travaille au garage et demain je rejoins ma famille pour la semaine. Justine ne peut pas s'occuper de mes bébés chats donc j'ai demandé à Chris, la mère d'Ilan, elle a accepté avec joie.

Chris m'a rejoint après mon travail chez moi, pour que je lui explique se trouve les croquettes et la litière ainsi que les plastiques poubelles.

— C'est tout bon pour toi ? lui demandais-je.

— Oui, ne t'en fais pas ! J'ai des chats aussi, je vais bien m'en occuper ! me dit-elle souriante.

Je lui réponds uniquement par un sourire. Je n'aime pas laisser mes bébés chats tout seuls une semaine mais j'ai aussi besoin de ma famille.

Chris est repartie, je finis ma valise et manquera plus qu'à y mettre ma trousse de toilette et ma valise sera enfin bouclé.

Je suis arrivé en gare de Lille et ma mère m'envoie un texto pour me prévenir que c'est Phil qui viendra me chercher en gare de Lyon parce qu'elle avait oublié un rendez-vous.

Après trois heures trente de tain, je suis arrivé en gare de Lyon, le temps est plutôt dégagé et doux pour un mois de novembre. Arrivé dans le hall, je cherche Phil mais je ne le vois pas. J'essaie de le joindre mais pas de réponse. C'est inhabituel de ça part d'être en retard. J'espère qu'il ne lui est rien arrivé de grave. Je contacte Alec mais il me dit que Phil devrait déjà être là. Je marque une pause et mon imagination me joue des tours. Alec me fait sortir de mes pensées. Je lui dis que je vais essayer de le rappeler et en raccrochant mon appel avec Alec, le nom de Phil s'affiche sur mon écran.

— Phil ! Ça va ? lui dis-je inquiète.

— Oui, je suis dans le hall ! Tu es où toi ? me demande-t-il, essoufflé.

— À l'extérieur ! Je t'y attends !

Phil raccroche et quelques secondes plus tard je le vois au loin. J'agite mon bras pour lui indiquer ma position et il court de plus belle vers moi. Arrivé à ma hauteur, il marque une pause. Je remarque qu'il est plein de sueur et très essoufflé.

— Que s'est-il passé ? lui demandais-je.

— Je n'ai trouvé aucune place plus près, donc j'ai couru. Je savais que tu allais t'inquiéter.

— Il fallait m'envoyer un texto ! J'ai cru qu'il t'était arrivé quelque chose !

Phil me regarde et frotte de haut de mon crâne. Une fois la pose de Phil terminé, il m'aide avec ma valise et je le laisse me guider jusqu'à la voiture. Phil se plaint que ma valise soit trop lourde. Mais ne me demande pas pourquoi, il connaît déjà la réponse comme chaque année.

Arrivée chez ma mère, j'ai droit à un accueil des plus bouleversants. Il y a une banderole, remplie de couleurs, où il est écrit « Happy Birthday ». Des ballons pleins le sol, la table accueil une jolie nappe rose et un joli gâteau de fruits au centre avec des jus de fruits et soda pour l'accompagner.

— Bon anniversaire Nana, crie Emilya.

— Oh ! Merci ma chérie ! lui dis-je en la serrant dans mes bras.

Faisant le tour de ma famille, j'embrasse tout le monde finissant par ma mère :

— Elle sait que mon anniversaire est en septembre ? dis-je à ma mère, dans son oreille.

— Elle a insisté pour le fêter, parce que tu habites loin ! me dit ma mère en ricanant.

Je peux enfin retirer ma veste et au coin de mon œil une silhouette, venant de la cuisine, apparaît. Mon cœur se serre, dans ma poitrine, à chaque pas qu'elle fait vers moi. Je n'arrive pas à croire qui j'ai devant moi. Emmy !

Chapitre 15
Nos premiers pas

Je m'installe le banc du balcon, seule avec Emmy. Mes yeux rivés sur elle, un mal l'aise s'installe en moi. Mes mains serrent aussi fort le bord du banc. « On peut discuter ? » sont les premiers mots qu'elle m'a prononcés depuis quatre ans. Aussi mal à l'aise que moi Emmy regarde le ciel qui est dégagé et bien éclairé.

— Je suis... disons-nous en même temps.

— Vas-y, toi d'abord, lui dis-je.

Je souris bêtement, et de gênance. Je regarde à mon tour le ciel et commence à lui présenter mes excuses. Je sens son regard se poser sur moi et Emmy présente, à son tour, des excuses. Je lui explique que ce n'est pas à elle de s'excuser mais à moi. Si la raison de son silence est bien celle que je pense, j'aurais dû mieux lui expliquer les choses à l'époque et lui expliquer la raison de mon départ. Au lieu de ça, je ne lui ai rien dit et je suis partie. Emmy m'explique qu'elle a lu des centaines de fois ma lettre depuis qu'Alec la lui a remise. Il lui a fallu un an avant de prendre une décision. Emmy m'explique que c'est pour cette raison qu'elle est ici, aujourd'hui. Elle ne savait pas si elle devait me pardonner ou pas et c'est posé des centaines questions. La seule réponse à tout ça été de me demander directement, pourquoi.

Avant que je puisse commence à lui expliquer, Emmy me regarde et me sourit. Qu'il m'avait manqué ce sourire ! Malgré son côté sombre, une part de lumière fait partie d'elle et ça, à jamais !

— Il y a une semaine Alec est venue me voir et on s'est disputé à propos de toi, me dit-elle.

— Ah ! Et, vous vous êtes dit quoi ?

Emmy prend une grande respiration. Puis pose à nouveau son regard vers le ciel.

— Il m'a dit que les cadeaux venaient de toi !

— Ah !

— C'est là que j'ai réalisé que tu ne m'avais pas oublié, même si je refusais de te parler.

Comment aurais-je pu oublier ma sœur ?

— Et surtout, que tu ne m'avais pas abandonné comme je le pensais.

Le visage d'Emmy me fait face et mon regard plongé dans le mien, je sens à nouveau mon cœur à nouveau se serrer de nouveau. Son regard en dit long sur ses pensées. Elle est rassurée de la vraie raison de mon départ. Mais il y a des choses qu'elle ne sait pas sur cette vraie raison et je dois tout lui dire. Je prends mon courage et lui explique la raison numéro un de mon départ. Emmy m'écoute à chaque parole que je prononce et son regard s'humidifie. Personne ne savait jusqu'à maintenant la vraie raison de mon départ. J'ai toujours fait penser que je voulais retourner vivre dans le Nord et que c'était l'unique raison. Et je lui explique aussi ce que j'ai fait il y a trois ans.

— Tu aurais dû nous expliquer ! me dit-elle.

— J'étais jeune quand tout a commencé. Me taire je pensais vraiment que c'était la meilleure solution !

Emmy passe sa main dans mes cheveux sans que je m'y attende.

— Je comprends tout maintenant. Et je me sens honteuse de mon comportement !

— Tu n'as pas à avoir ce sentiment. Tu ne savais pas, personne ne savait ! Puis je vais mieux maintenant ! lui dis-je.

Mon visage caché par mes cheveux, mes larmes coulent. Emmy écarte mes cheveux. Avec l'aide de sa main, elle frotte une de mes larmes.

— Je suis là maintenant !

Emmy cherche mon regard et pose ses deux mains sur chacune de mes joues.

— Donne-moi ton portable, je vais te donner mon numéro.

Je sors mon portable de ma poche et le lui donne. Emmy inscrit son numéro et fait sonner le sien. Elle me rend mon portable et y voit le nom qu'elle s'est donné : « Ma sœur ». Je la regarde et Emmy ne fait que me sourire.

— Il me faudra un peu de temps mais c'est en bonne voie ! me dit-elle, en souriant.

Maintenant qu'elle sait toute la vérité, on peut qu'aller de l'avant toutes les deux.

— On va manger du gâteau ? dit-elle.

— Aller !

Nous rencontrons dans l'appartement et ma mère se lève du canapé. Tout le monde nous regarde comme si un crime venait de se produire. Puis ma mère fond en larmes et nous prend dans ses bras.

— Mes deux filles sont à nouveau réunies, je suis si heureuse ! nous dit notre mère.

Après le petit goûter d'anniversaire, j'aide à débarrasser le salon. Ma mère me donne une boîte pour y ranger les décorations. Alec et Emmy sont déjà repartis chez eux, demain ils travaillent de très bonnes heures.

Après un dîner léger, je prends mon sac à dos et m'aperçois qu'il est ouvert. J'y jette un coup d'œil par réflexe et y vois une enveloppe rose pâle. Mon nom y est inscrit et mon cœur se serre à nouveau quand je reconnais l'écriture. Emmy ! Je la prends et pars m'installer sur le balcon. Ma gorge, ne se serre rien qu'en l'ouvrant. Je prends une grande inspiration. Je des plis la lettre et commence à la lire. Mes larmes coulent sans que je ne puisse les contrôler.

Amanda,

Je voulais te présenter mes excuses pour ces dernières années. La vérité est que j'ai senti ton départ comme un abandon de ta part, j'ignorais que tu avais un mal-être terrible en toi, en vivant en Ardèche.

Je sais que tu tiens à nous et que cette décision n'a pas été facile pour toi !

Encore toutes mes excuses.

Emmy

Sa lettre me touche à une telle mesure que je ne peux trouver les mots.

— Tu fais quoi toute seule, ici, Nana ? me demande Emilya, dans mon dos.

Dans un sursaut, la lettre d'Emmy tombe au sol et je me retourne pour lui faire face :

— Emilya ! Tu m'as fait peur ! lui dis-je.

Je ramasse la lettre et entends Emilya rigoler.

— C'était trop drôle ! me dit Emilya, en rigolant.

— Tu rigoles de moi ? lui dis-je, en rigolant aussi.

Emilya approuve ces mots et rigole en se tenant le ventre.

— Vient ici ! dis-je.

Je l'attrape et la chatouille. L'entendre Emilya rigoler, me fait encore plus rire.

— Nana, arrête ! Je n'arrive plus à respirer ! me dit Emilya.

— Oh ! Désolée ! lui dis-je en la lâchant.

Je m'arrête pour qu'elle puisse respirer à nouveau et lui propose de rentrer.

Chapitre 16
Retour aux sources

Les retours de congés sont toujours compliqués. Ma tête est toujours en mode vacances.

À la pause déjeunée, à peine arrivé chez moi, mon téléphone sonne. Le nom d'Alec s'affiche sur mon écran :

— Bonjour mon frère, comment tu vas ? lui dis-je en décrochant.

— Bonjour, vous êtes la sœur d'Alec Blink ? me demande une voix.

— Vous êtes qui ? Il est où mon frère ? dis-je inquiète.

La voix se présente être le médecin des urgences et m'explique qu'Alec y a été admis parce qu'il s'est évanoui au travail.

— Comment ça il s'est évanoui ? dis-je en criant.

— Vous êtes la dernière personne qu'il a contactée, je ne savais pas qui d'autre appeler, me dit-il.

Je tombe sur mon canapé et aucun mot ne voulait sortir de ma bouche.

— Vous êtes encore là, madame ? me demande le médecin.

— Hum, dis-je.

Le médecin m'explique qu'Alec n'a rien de grave mais qu'il est beaucoup déshydraté et qu'il ne faut pas que je m'inquiète.

— Ne pas m'inquiéter ? Vous rigolez ? J'habite à sept cents kilomètres, comment voulez-vous que je ne m'inquiète pas ? lui dis-je. Je vais contacter ma mère, vous êtes de quel hôpital ?

— Je suis à l'hôpital de Salaise-sur-Rhône.

— D'accord, lui dis-je.

Je raccroche avant même qu'il est eu le temps de me répondre et contacte immédiatement ma mère. Je tombe sans arrêt sur son répondeur. Chaque seconde, l'angoisse monte en moi. Je ne peux contacter personne d'autre parce que tout le monde est au travail. Emmy ! Je sais qu'elle ne travaille pas aujourd'hui. Je me mets à la chercher dans ma liste des contacts et l'appelle aussitôt trouvée. L'attente se fait longue mais elle décroche.

— Amanda ? me dit-elle heureuse.

— Emmy ! tu sais où se trouve maman ? demandais-je.

— Elle est avec moi, pourquoi, il se passe quoi ? me dit-elle.

Je lui explique avoir reçu un appel de l'hôpital de Salaise et qu'Alec y a été admis pour déshydratation.

— Maman a tout entendu, on le rejoint immédiatement.

— Appelez-moi une fois arrivées là-bas.

— Ça marche !

Emmy raccroche et l'envie de manger me passe, due à l'angoisse qui se nourrit dans mon estomac. Je ne sais pas s'il s'est blessé en tombant ou pas ! Je ne sais rien, mis à part qu'il a perdu connaissance.

Arrivée au travail, je m'enferme dans mon bureau pour ne faire paniquer personne et attends l'appel d'Emmy. Dans des moments comme celui-ci, je déteste être au travail. Mais je sais que ça m'occupera l'esprit.

Seize heures, comptant ma réserve pour que je puisse effectuer une commande, mon téléphone sonne depuis mon bureau. Je claque tout au sol et cours dans me jetant sur mon siège je décroche l'appel sans faire attention au nom affiché.

— Oui, j'écoute ? dis-je essoufflé.

— Ça va, ma sœur ?

Alec ! Il est réveillé, quel soulagement.

— Toi, tu vas mourir ! Tu vas bien ? Tu n'es pas blessé ?

— Une question à la fois, s'il te plaît !

J'accorde quelques secondes à Alec et il m'explique s'être très mal hydraté ces derniers jours et qu'il n'a pas très grand appétit dû à sa séparation.

— Tu dois manger et boire ! C'est important !

— Parle pour toi !

— Quoi ?

Un blanc s'installe entre lui et moi. Mais je sais très bien de quoi il veut parler. J'y ai été, comme lui, pour d'autres raisons, il y a trois ans.

— Excuse-moi ! me demande-t-il.

— Pour cette fois, j'accepte ! Mais pas deux !

— Compris !

Alec me rassure et me passe ma mère. Elle m'explique qu'il le garde pour la nuit pour le surveiller mais que demain il pourra sortir s'il passe une bonne nuit. Ma mère raccroche et un sentiment de soulagement me submerge tellement que j'en pleure.

Chapitre 17
La proposition

En ce samedi, le printemps s'annonce déjà avec de bonnes températures et les arbres commencent à bourgeonner pour leurs premières fleures.

Ce week-end j'ai contacté Alec pour lui demander conseil et savoir s'il ne serait pas temps de proposer à Emmy de m'accompagner en Corée pour mon voyage. Il me l'a fortement déconseillé car ça ne fait que quelques mois que nous nous reparlions et que notre relation est encore fragile. J'y ai pensé toute la semaine et je dois avouer que même si Alec à raison, je veux vraiment lui poser la question. Même si la peur m'envahit. Je crains vraiment qu'Emmy refuse.

Je me retrouve sur mon canapé, mon portable à la main et le page d'Emmy affiché. J'hésite à appuyer sur l'écran par peur qu'elle refuse ma demande. Après plus d'une heure d'hésitation, je prends une grande inspiration et appuie sur le téléphone. Emmy décroche immédiatement. À entendre elle est heureuse de m'avoir au téléphone. Sans le vouloir je fais durer l'appel en lui parlant de tout et n'importe quoi et je lance enfin.

— Tu sais, j'ai choisi d'étudier le coréen pour une raison.

— Oui, pour une idée de voyage. Maman m'en a parlé.

— Oui et je souhaite aller avec une personne bien précise mais je crains qu'elle refuse !

Emmy respire comme si elle réfléchissait puis :

— Demande-le-lui. Tu seras fixé !

— D'accord ! Tu veux venir avec moi, en Corée ?

— Hein ? Quoi ? Moi ?

Emmy hurle dans le téléphone. Par réflexe, j'écarte le téléphone de mon oreille, je dois dire qu'elle a une voix qui porte bien.

— Tu es sérieuse ? C'est avec moi que tu souhaites y aller ?

— Oui ! Je ne veux faire ce voyage qu'avec toi !

Emmy ne prononce plus un mot. Et moi-même à court de mots, un silence s'installe.

— Tu… Ton idée de voyage tu l'as depuis quand ?

— Depuis bientôt deux ans !

— Et depuis deux ans tu n'as pensé qu'à moi ?

— Oui ! lui dis-je, mal à l'aise.

Un nouveau silence s'installe. Ne sachant plus quoi lui dire, je reste silencieuse.

— Bon, ce ne sont pas les États-Unis, ce qui aurait été idéal pour moi ! Mais j'accepte !

— C'est vrai ?

— Puisque je te le dis !

Sans le vouloir, ma gorge se serre et mes yeux commencent à me brûler.

— Tu es encore là ? me demande Emmy.

— Hum !

— Tu pleures ?

— Non !

Emmy éclate de rire mais j'entends que c'est un rire nerveux pour pouvoir me détendre.

Emmy me demande chaque détail de ce voyage. Je m'installe sur mon bureau et allume mon ordinateur. J'ouvre chaque dossier et commence à lui expliquer qu'on ira visiter, les endroits où on mangera et toutes les autres choses que j'ai prévues. Je lui envoie toutes les photos pour qu'elle puisse se faire une idée et elle me dit qu'elle trouve ça génial.

— Il y a même une rue dédiée au shopping !

— Sérieux ?

— Oui !

Emmy marque une pause dans sa joie, puis me demande combien coûteront tout ça.

— Je te demande juste de laisser le maximum d'argent de côté jusqu'à mai prochain.

— Dans un an ?

— Oui !

Emmy marque à nouveau une pause.

— Et le billet d'avion ?

J'explique à Emmy je lui offre les billets d'avion et que pour la chambre, on devra se la partager.

— Je te demande seulement que tu es ton argent de poche !

— Tu vas tout payer ?

Je me retiens de respirer, pour ne pas répondre. Je lui dis qu'en compensation, elle paiement certains restaurants. Chose qu'elle accepte sans ronchonner.

Après avoir fini mes explications et de lui avoir tout envoyé, je mets fin à la conversation et lui souhaite un bon week-end. Je m'assure que l'appel est bien terminé et je me mets à sauter partout à travers mon appartement, faisant peur à mes chats au passage.

— Elle a accepté ! Je suis trop contente ! me dis-je à moi-même.

Je m'assieds sur le bout de mon lit et mes trois chats se tiennent au niveau de la porte à me regarder. Il est fort probable qu'ils se demandent si je ne deviens pas folle. Mais la joie m'envahit de partout que je n'arrive vraiment pas à rester en place. Je récupère mon portable, dans le salon, et envoie un texto à Alec pour le prévenir.

Moi
Je lui ai demandé…

Le nom d'Alec s'affiche, immédiatement, sur mon écran. J'essaie de me calmer et décroche. Je n'ai pas le temps de lui dire « bonjour », qu'il me demande tout de suite ce qu'elle m'a répondu. J'essaie d'avoir une voix triste et laisse planer de doute. Derrière mon téléphone, je souris bêtement en silence.

— Amanda ! Tu es là ?

— Oui ! Oui ! Je suis là ! lui dis-je.

Je me retiens aussi fort que je le peux, et je continue à lui parler avec une voix triste. Puis Alec me demande d'attendre encore un peu et de le lui reproposer dans quelque temps. Mais je ne peux pas me retenir plus longtemps et craque.

— Elle a accepté, dis-je.

— Tu es vraiment impossible ! me dit-il.

Je lui avoue que ça fait dix minutes que je saute partout chez moi comme une enfant et que je me suis dit que je devais lui faire la blague. Chose qui le soulage et il est très heureux pour moi qu'elle ait accepté ma demande. Alec doit me laisser et me demande de le rappeler au soir pour que je lui explique un peu plus en détail. Après l'appel avec Alec, je vais vite à la salle de bain pour me préparer, parce qu'Ilan arrive vers quatorze heures. Un rallye se tient à Seclin et il a insisté pour que je l'accompagne.

Chapitre 18
Ma Lili !

Lili c'est ma cousine maternelle, seize ans et deux têtes de plus que moi. Blonde, fine et un visage rempli de douceur. À son âge, Lili a un caractère bien trempé mais très mature pour une adolescente.

Quand je suis revenue vivre dans le Nord, j'ai vécu un an chez ma tante, la mère de Lili. Ce qui nous a fortement rapprochés. Enfant unique, elle a été heureuse d'avoir une fille à la maison, autre que sa mère. Depuis on passe beaucoup de temps ensemble aussi souvent que l'on peut se le permettre. Depuis bientôt un, Lili a un petit ami et je dois dire qu'il prend soin d'elle. Il est tout à fait adorable avec elle et leur couple est trop mignon. Depuis, Lili partage ses week-ends entre son amoureux et moi, chose que je comprends tout à fait. Donc pour qu'elle passe du temps en ma compagnie, on s'est mis d'accord qu'elle viendrait une fois par mois.

Lili fait partie des personnes qui ont été présentes à ma sortie d'hôpital. Elle m'a aidé à me nourrir, à me doucher et surtout elle a été une oreille attentive quand j'en ai eu besoin.

Aujourd'hui, c'est mon week-end et je vais profiter intégralement d'elle. Après le travail je dois aller la récupérer au lycée. J'ai décidé de faire des tomates farcies au dîner, je vais devoir aller faire des courses après l'avoir récupéré. Je sais qu'elle adore quand je cuisine, ce que je ne fais pas souvent.

Garer devant son lycée, j'entends que la sonnerie retentit et reste qu'à attendre qu'elle sorte. Je patiente, assise sur mon capot et d'un coup, je vois une grande folle courir vers moi.

— Nana ! crie-t-elle.

— Ma Lili !

Lili me serre aussi fort qu'elle peut dans ses bras et je l'imite dans son geste. Je dis bonjour à Matt, son amoureux, au passage et lui propose de le raccompagner chez lui. La maison de ses parents est sur ma route, il n'aura pas à attendre le bus, chose qu'il accepte volontiers. Dans la voiture, Lili me demande ce que j'ai prévu pour le dîner et je lui dis qu'il faut aller faire les courses pour que je puisse faire des tomates farcies. Une idée me vient.

— Tu veux manger avec nous ce soir ? demandais-je à Matt.

— Euh… Faut que je voie avec mes parents.

Arrivé devant chez lui, il rentre demander à ses parents l'accord de manger à la maison et quand il ressort, un sourire satisfaisant s'affiche sur son visage. Je comprends que ses parents soient d'accord. Sa mère sort de la maison et je sors de ma voiture pour lui parler. Je lui dis le repas que j'ai prévue et qu'il n'y aura pas d'alcool, vu qu'il est mineur. Sa mère me connaît et sait que je suis très responsable. Puis voir Lili heureuse me rend heureuse.

— Amusez-vous bien ! nous dit la mère de Matt.

Durant la soirée, Lili me demande comment se passe mon apprentissage du Coréen. Je lui fais montrer mes cours et mes retours de notes.

— Tu as que de bonnes notes ! C'est super tout ça !

— Merci !

Matt regarde et l'air qu'il affiche me fait rire.

— Je ne comprends rien !

— C'est comme l'anglais ou l'allemand, ça s'apprend !

Malgré mes bonnes notes, j'avoue à Lili que niveau prononciation, j'ai encore du travail sur beaucoup de mots.

— Si tu travailles encore plus, tu y arriveras ! Je crois en toi Nana !

L'entendre me fait beaucoup de bien.

— Ce n'est pas tout ça, mais on se le fait cet apéritif ? demande Lili.

— Je veux bien, me répond Matt.

Je prépare tout et installe tout sur la table. Soda pour tout le monde.

Pendant la préparation du dîner, Lili m'a interrompue une dizaine de fois pour me demander si elle pouvait m'aider, mais je refuse parce qu'elle est mon invitée et un invité ne doit rien faire.

Lili regarde à l'intérieur du réfrigérateur et est très surprise que j'aie cuisiné.

— Je m'attendais à manger des nouilles chinoises !

— Non, pas de nouilles ce soir ! lui dis-je.

La soirée se passe merveilleusement bien. Lili a mangé pour deux.

— Tu devrais cuisiner plus souvent ! C'est vraiment très bon ! J'adore, me dit-elle.

— Ouais, je vois ça ! Tu en lèches ton assiette ! lui dis-je.

— Je me suis rempli le ventre pour une semaine avec ton plat !

Heureusement que je n'avais pas prévu de dessert, elle pourrait avoir mal au ventre toute la nuit. Je dois dire que voir Lili manger autant me surprend beaucoup, parce qu'elle mange peu, comme moi. Le principal c'est qu'elle mange. Je constate aussi que l'assiette de Matt est vide, c'est qu'il a bien mangé également.

Après le repas, je dis à Lili que j'apprends une danse de mon groupe de K-Pop, les Bunch of Boys. Et très curieuse, elle souhaite que je lui en montre certains pas. Généralement, je ne danse devant personne, mais cette fois-ci, j'accepte même si je sens un sentiment de gêne m'envahir. Je mets donc la musique en route et commence la partie que j'ai commencé à apprendre. Surprise, elle me félicite de m'être amélioré en danse.

Après avoir fait des jeux de société, avoir beaucoup discuté et rigolé, j'ai déposé Matt chez lui et profiter de mon week-end avec ma Lili.

L'avoir la maison remplie mon appartement, même si ce n'est qu'un week-end par moi.

Chapitre 19
Jour du départ

L'année est passée tellement vite et nous voici au jour crucial pour Emmy et moi. Dans sept heures on décollera de Paris pour arriver en Corée. C'est la première fois que je vais prendre l'avion et je dois dire que j'angoisse beaucoup. Mais pour le moment je n'ai pas le temps pour ça, le taxi nous attend et Emmy n'est pas pressée. Je suis déjà prête, donc je sors accueillir notre chauffeur et lui donner nos valises. Je retourne à l'intérieur voir si Emmy est enfin prête.

— Emmy dépêche-toi, le taxi nous attend !

— Oui, j'enfile mes chaussures et c'est bon !

Emmy arrive en courant et regarde autour d'elle :

— Elles sont où nos valises ?

— Dans le taxi ! Allez, go !

Je dis au revoir au mes bébés d'amour. La veille, j'ai donné mon double de clé à Ilan, il viendra vivre chez moi durant mon absence. Je ferme à clé et regarde un instant, Emmy.

— Qu'est-ce qu'il y a ? me demande-t-elle.

— Je n'y crois toujours pas qu'on va en Corée ! lui dis-je tout excité !

— Tu y croiras quand on sera là-bas ! En attendant le taxi nous attend, me dit-elle.

Je lui réponds par un sourire et nous sortons de l'immeuble, bras dessus dessous. Nous avons trois heures de route jusque Paris. Le trajet va être très long. Heureusement pour moi j'ai prévu trois batteries de secours et deux paires d'écouteurs.

Après un trajet, interminable, le taxi s'arrête à l'aéroport et nous aide à sortir nos valises. Le chauffeur est très surpris qu'elles ne soient pas lourdes pour deux filles qui partent en voyage. Je lui explique que nous allons faire du shopping et qu'il faudra de la place pour notre retour.

— Ce qui explique tout ! me répond-il.

Je remercie de chauffeur et lui tend un pourboire. Il souhaite un très bon voyage et remonte dans son taxi. Durant un instant, on se stoppe devant cet aéroport. Je tourne ma tête en même temps qu'Emmy et on se regarde. Puis un sourire s'affiche sur notre visage et l'excitation se fait sentir pour chacune.

— À nous la Corée du Sud, crions-nous.

Gêné des regards des passants, je regarde Emmy et je rigole. Nous prenons nos valises et nous rentrons enfin à l'intérieur. C'est la première fois que je mets les pieds dans un aéroport et c'est vraiment gigantesque et impressionnant. Aucune de nous comprend le fonctionnement d'un aéroport du coup j'arrête un jeune homme qui travaillent ici et lui demande comment se passe un embarquement. Les explications du jeune homme sont très claires et précises. Il nous souhaite bon voyage pour notre baptême de l'air. Emmy et moi le remercions et partons dans la direction qu'il nous a indiquait, quelques instants plutôt.

Nos billets sont enregistrés et après avoir survécu au passage de sécurité, nous cherchons notre porte de terminal. J'arrête à nouveau une employée et lui demande de nous indiquer le chemin. Elle nous indique que notre terminal se au bout de l'allée centrale. Emmy et moi suivons ses indications. La porte de notre terminal trouvé, il ne nous reste qu'à attendre le départ.

Assise et attachée sur mon siège, l'hôtesse de vol parle à tous les passagers dans le micro, pour nous présenter le voyage, et l'angoisse monte. Je regarde Emmy et je vois qu'elle est aussi apeurée que moi. Je prends sa main pour la rassurer et me rassurer au passage. L'hôtesse de l'air nous regarde en passant, nous demande si c'est notre premier vol et nous répondons d'un signe de tête.

— Tout va bien se passer ! Je suis là si vous avez besoin ! nous dit-elle.

— Merci madame ! lui répond Emmy.

Quelques minutes plus tard je sens et vois, via le hublot, que l'avion va prendre son envol. C'est parti pour onze heures de vol. Je serre encore plus la main d'Emmy dans la mienne et la peur au ventre, je ferme les yeux. Mon cœur monte en même temps que l'avion s'élance dans les airs.

— Madame, ça va ? me demande une voix.

J'ouvre doucement mes yeux et figé, je n'ai pas senti que l'avion s'était stabilisé depuis quelques minutes. Je tourne ma tête à ma droite et je vois l'hôtesse de tout à l'heure me regarder avec un sourire. Je lui réponds par un sourire et essaie de me détendre. Emmy libère sa main de la mienne et l'agite pour récupérer ses sensations. Je ne me suis pas rendu compte que je l'avais autant serré. L'hôtesse me sert un verre d'eau que j'avale d'une traite et je lui rends le verre. Emmy est beaucoup plus détendue que moi. Je pense qu'elle a été moins terrifiée que moi.

— Ça va toi ? demandais-je à Emmy.

— Un peu peur au début, mais ça va en fait ! me dit-elle souriante.

Je me lève et me dirige vers les toilettes pour me débarrasser de mon stresse qui s'est accumulé dans mes mains. Je ferme la porte et m'assieds un instant pour reprendre mes esprits.

De nouveau à ma place, Emmy est déjà plongée dans sa série. Je mets mes écouteurs et ferme les yeux pour me reposer un peu. Avoir choisi les sièges du fond, je ne risque pas de déranger les voyageurs et peux allonger mon siège comme je le souhaite.

Chapitre 20
Séoul est à nous !

L'arrivée à l'hôtel se fait aussi naturellement. L'hôtesse d'accueil, aussi gentille soit-elle, nous accueille très bien. Malgré mes quelques erreurs de prononciation, elle a tout à fait compris mes demandes d'informations.

L'employé d'étage nous aide avec nos valises et nous ouvre la porte de notre chambre. On est accueilli par un hall d'entrée très spacieux. Nous nous avançons dans la chambre et Emmy et moi, on se regarde puis se met à courir à travers la chambre, comme deux petites filles. Je regarde par la fenêtre et la vue sur Séoul est magnifique. Le garçon d'étage rentre nos valises et sourit timidement. Je fais un signe à Emmy et elle vient se poser à côté de moi. Je m'excuse auprès de lui pour notre comportement.

— Ce n'est pas grave madame, vous avez une joie de vivre c'est plaisant de voir ça ! me dit-il.

Je le remercie de sa compréhension et il nous indique que le téléphone est branché directement à l'accueil. Si nous avons besoin d'une information ou autre je n'aurais qu'à appuyer sur la touche « un ». J'explique à Emmy le fonctionnement du téléphone et elle remercie le jeune homme d'un signe de tête. Le garçon d'étage nous souhaite de passer un bon séjour puis quitte la chambre.

La coutume en Corée et de s'incliner pour dire bonjour, s'excuser ou encore pour dire au revoir. Je vois qu'Emmy a retenu la leçon et c'est incliné quand le jeune homme est parti.

Je commence à déballer ma valise pour mettre mes vêtements dans le dressing et donne ma trousse de toilette à Emmy pour qu'elle puisse aller la mettre dans la salle de bain. Depuis la pièce, Emmy se met à crier. Je sais pourquoi elle cri. Je lui avais dit qu'on aurait qu'une simple douche et que c'était une chambre tout à fait banale. Mais nous avons une chambre qui fait la taille de mon appartement et une salle de bain qui possède une douche à l'italienne et une baignoire avec double vasque. J'ai voulu lui faire la surprise lors de ma réservation.

— Heureuse ? lui demandai-je.

— Tu savais qu'on allait avoir cette chambre ?

— Celle-ci, non ! Mais c'est pour ça que j'ai prévu ceci ! lui dis-je.

Je lui tends des boules de bains et voir le visage d'Emmy si lumineux et rempli de joie me convient parfaitement.

— Trop bien ! Je suis contente d'avoir accepté ! me dit-elle heureuse.

Le voyage et le décalage horaire me fatiguent beaucoup mais la faim m'appelle et en croire l'estomac d'Emmy, lui aussi meurt de faim. Ne connaissant pas les rues de Séoul, je regarde sur Google où trouver un petit restaurant pas trop loin de l'hôtel. Après quelques recherches, il y a justement un restaurant spécialisé dans les ramens maison, juste en face de notre hôtel.

Le restaurateur nous accueille à bras ouvert. Ce restaurant est vraiment très chaleureux.

— Vous mangerez sur place ou c'est pour emporter ? Nous demande le monsieur.

— Sur place ! Je vous remercie, lui répondais-je.

Puis je demande au restaurateur de nous laisser quelques instants pour choisir notre menu. Après avoir choisi nos menus, je rappelle le monsieur et lui indique deux plats de ramens au bœuf accompagné de légumes ainsi que deux verres d'eau.

Emmy et moi n'avons pas finir nos plats. Il y en avait assez pour quatre personnes. J'ai demandé à emporter le reste pour ne pas gâcher la nourriture. Allongé sur le lit, mon ventre est gonflé par toute la nourriture que j'ai avalée ce soir. Je sens que mon visage le sera également demain à mon réveil.

Chapitre 21
Visite du N Séoul Tower

Deux jours que nous sommes en Corée et le temps a été avec nous depuis notre arrivée. Hier nous nous sommes juste baladés dans les environs de Séoul. Aujourd'hui c'est visite du N Séoul Tower, j'ai réservé un taxi pour que nous puissions nous y rendre. L'hôtesse d'accueil appelle sur le téléphone de la chambre et nous prévient que notre taxi est arrivé. Chance pour le taxi, Emmy est déjà prête. Elle met toujours un temps fou dans la salle de bain. Je suis vraiment minimaliste pour me préparer par rapport à elle.

À travers la vitre du taxi, je découvre les habitants, le décor et les rues de Séoul.

J'ai réservé nos billets sur internet directement, donc l'attente n'a pas été très longue. Et une petite surprise attend Emmy à la fin de cette visite.

Tout au long de la visite, je prends plusieurs photos de tout ce que nous voyons et d'Emmy. Emmy insiste pour prendre des photos de moi, je ne suis plus trop photos depuis cinq ans mais je cède à sa demande et accepte. Je me prends tellement au jeu, que je demande même aux gens de prendre des photos nous deux. De plus Emmy prend des selfies de moi en cachette et pense sûrement que je ne le sais pas. Prendre des photos de moi m'insupporte encore, je me sens encore gêné de voir mon visage en photos. C'est pour ça que je n'en prends plus ou cache un maximum mon visage. Mais pour Emmy je ferais l'effort d'être correct sur chaque photo.

Nous sommes passés par l'observatoire. On a vu l'exposition d'art médiatique et leurs quarante lasers qui offrent aux visiteurs une vue réinterprétée de Séoul. On a même vu Séoul de nos propres yeux avec les télescopes. Et ça ne serait pas une visite sans passé par la boutique de souvenirs. La boutique propose plusieurs choses sympa, idéale à offrir pour nos proches. Comme des porte-clés, des magnets ou encore des cadenas. Je les regarde attentivement et une idée me passe en tête. Discrètement, je prends un lot de cadenas et le cache dans mon panier d'achats pour ne pas qu'Emmy les voie. J'ajoute un feutre noir. Je rejoins Emmy et lui demande si son tour de shopping est terminé, ce qu'elle me confirme et nous filons en caisse. Je passe la première, je donne mon panier et demande à la caissière d'être discrète sur les cadenas. Je lui explique que c'est une surprise pour ma sœur et que je ne souhaite pas qu'elle sache un mot. La caissière me regarde avec un sourire et reste aussi discrète qu'elle le peut. Elle emballe le tout dans un sachet et me donne mes achats. Je profite du fait que c'est au tour d'Emmy, et je fais signe à la caissière que je mets le cadenas dans mon sac et que ce n'est pas du vol. Elle me fait un signe de tête pour me donner son accord et je cache le tout dans mon sac.

Après trois heures de visite on arrive enfin à l'étage que je souhaitais depuis le début et je regarde Emmy.

— J'ai faim ! Pas toi ?

— Ah si ! Je meurs de faim.

— Tant mieux, on mange ici !

J'explique à Emmy qu'en réservant nos billets j'ai également réservé une table au restaurant français qui se trouve au dernier étage du N Séoul Tower.

— Oh ! Je vais pouvoir bien manger ! Quoi que, les ramens maison de l'autre jour été magnifique ! me dit Emmy.

— C'est vrai qu'ils étaient excellents ! lui dis-je.

Après le repas, je propose une balade dans le parc Namsan, qui se trouve juste en bas de la tour. En plus, le temps s'est un peu rafraîchi, de qui est très agréable. Une fois à l'endroit que je prévois depuis la boutique de souvenir du N Séoul Tower, je montre à Emmy et nous prenons plusieurs photos sur le banc devant le mur de cadenas.

— Ça te dirait t'en mettre un ?

— Oui mais on n'en a pas !

Je fouille mon sac et sors les deux cadenas et un feutre noir. Elle me regarde, l'air surprise.

— Tu avais prévu le coup ?

— Oui, depuis la boutique de souvenir !

Emmy me regarde et déballe les deux cadenas. Elle inscrit son prénom sur le sien et je fais de même sur le mien. Nous essayons de trouver une place et une fois la chasse terminée, on accroche nos deux cadenas en même temps et je lui indique qu'une boîte est présente pour jeter nos clés dedans.

Sur le retour, je me dis qu'il faut que je parle de Gangneung à Emmy au plus vite. Lui en parler sera très facile c'est la convaincre qui sera compliqué. Emmy déteste la mer, je lui en parlerai demain.

Chapitre 22
Négociation avec Emmy

Hier soir, sur notre retour, nous sommes tombés sur une rue remplie de commerces où nous pourrions faire notre premier shopping. Consacré une journée de shopping ça va nous permettre de connaître un peu plus nos goûts vestimentaires et nous faire plaisir.

Depuis notre séparation, nous avons changé toutes les deux et nos goûts également. Elle a perdu beaucoup de poids, tout comme moi. Son look est complètement différent. Emmy a les cheveux noirs maintenant et son maquillage est beaucoup plus prononcé.

Je meurs de faim mais Emmy est dans la salle de bain depuis plus d'une heure. Je toque à la porte et elle me répond qu'elle a bientôt fini.

— Tu abuses ! J'ai mis beaucoup moins de temps que toi ! dis-je.

Je me rassois sur le lit, entendant qu'elle est terminée. Après de très longues minutes à attendre Emmy, la porte de la salle de bain s'ouvre.

— Enfin ! lui dis-je.

— Il ne manque plus que mes chaussures et on peut y aller, dit-elle.

Emmy enfile ses baskets et nous pouvons enfin partir. Je regarde mon sac pour savoir si je n'ai rien oublié et je ferme la porte derrière moi.

Les portes de l'ascenseur se ferment. Je prends mon courage et commence à lui dire que j'aimerais aller dans une ville, spéciale. Emmy me regarde, l'air pas rassuré et me demande où se trouve cette ville.

— Euh… à la mer !

— À la mer ? L'endroit où il y a du sable et de l'eau ! L'endroit où je vais sentir l'eau salée en fin de journée ! me dit-elle.

— Euh… Oui !

— Non merci ! Je vais avoir du sable plein de cheveux en plus !

Je la supplie et les portes de l'ascenseur s'ouvrent. Emmy sort en première et je la rattrape en la stoppant devant le comptoir de l'accueil. Je regarde Emmy et la supplie du regard. Mais elle refuse de nouveau.

— S'il te plaît, accepte d'aller à Gangneung ! lui dis-je, en joignant mes mains.

Emmy me regarde avec un air soupçonneux. Elle plisse les yeux et agite son doigt juste en face de mon nez.

— Tu avais prévu d'y aller avant et tu ne l'as pas mis sur ton plan !

— Non, je l'ai fait exprès !

Emmy souffle agacé et je joins mes deux mains et la supplie à nouveau du regard.

— Allez, s'il te plaît ma sœur, dis-je.

Je la serre dans mes bras et la supplie à nouveau.

— Arrête ! Tout le monde nous regarde !

— Accepte ou bien je continue ! lui chuchotais-je.

— C'est bon ! On va y aller mais arrête ton cinéma ! me dit-elle.

Je m'écarte d'elle et je la remercie et saute juste devant elle. Je suis contente qu'elle ait accepté. Ça a été plus facile que je le pensais, je n'ai pas eu besoin de négocier plus.

Aller à Gangneung est le projet numéro un de ma liste de choses à faire en Corée. Je l'ai juste effacé quand j'ai tout envoyé à Emmy pour lui toucher un mot directement sur place. Je savais que ça n'allait pas lui plaire d'aller à la mer.

Chapitre 23
Premier regard

Je fais une pause dans mes sauts et remarque que l'hôtesse d'accueil nous regarde, je tourne mon visage vers Emmy puis à nouveau vers l'hôtesse et nous éclatons de rire. Gêné, je m'incline pour m'excuser et la voie d'un homme se fait entendre dans mon dos :

— Bonjour, excusez-moi mes dames ! dit le monsieur.

Je me retourne, Emmy me suit dans ma lancée. Nous trouvons un homme très grand. Il porte un costume noir, a des cheveux noirs et porte des lunettes de vues. Il est élégant pour un homme de la quarantaine d'années.

— Bonjour, monsieur ! On peut faire quelque chose pour vous ? lui demandais-je.

— Je suis monsieur Yu ! Pour moi pas grand-chose, mais pour une autre personne oui ! me dit-il.

Monsieur Yu se recule, d'un pas, et dirige son bras dans la direction à regarder. Mon regard tombé immédiatement dans le sien et dans ce moment de panique, je me fige. J'ai l'impression que plus rien n'existe, mise à part nous deux. Emmy agite sa main devant mon visage et me sort de cette bulle fabriquée en quelques secondes. J'essaie de reprendre mes esprits aussi calmement que possible et me tourne vers monsieur Yu. Je lui demande confirmation sur les personnes qui se tient à environ vingt mètres de moi et il confirme d'un sourire.

— Ce ne sont pas les mecs de ton groupe ? me demande Emmy.

Il m'explique que Pak Jung-Hwa souhaite s'entretenir avec moi.

— Moi ? Maintenant ? lui demandai-je.

— Oui ! Mais si vous être d'accord, bien sûr !

— Elle accepte ! dit Emmy.

Ma tête fait volte-face vers Emmy et je la regarde les yeux ouverts.

— C'est une chance unique ! Profites-en ! me dit Emmy.

— Je vous y emmène, me dit monsieur Yu.

Monsieur Yu prend les devants et avec Emmy, on le suit dans ses pas. Plus, je m'avance, plus mon cœur bat la chamade dans ma poitrine. Néanmoins, je m'aperçois qu'ils sont tous les trois, habillé de la même manière. Jeans bleu clair, converse de couleur différente qui va avec la couleur de leur pull avec une casquette blanche pour chacun.

Ils se lèvent tous les trois et nous accueillent avec le sourire. Les avoir tous les trois, debout devant moi, me fait penser que je les imaginais légèrement moins grands. Toutes les émotions me traversent et je ne sais plus prononcer un mot.

— Bonjour, me disent-ils, tous en même temps.

— Bonjour ! leur répondais-je, en agitant ma main.

Monsieur Yu prend congé et nous laisse tous les cinq. Il a beaucoup de monde autour d'eux, je suppose que ça doit être leurs équipes. Mais que font-ils dans cet hôtel ?

Quand j'ai choisi ma destination, je les connaissais déjà et quand j'ai planifié ce voyage j'étais très loin de m'imaginer les croisés. Encore moins être demandé par l'un d'entre eux. Cette scène est surréaliste, pour moi. Les trois garçons nous invitent à nous asseoir sur le canapé. Choi Du-Joon me demande où j'ai appris à parler le coréen et je lui réponds que j'ai suivi des cours durant deux ans pour ce voyage et que je suis la seule de nous deux à le parler.

— C'est quoi vos prénoms ? me demande Pak Jung-Hwa.

Je tourne ma tête dans sa direction et nos regards se croisent à nouveau. Je lui souris timidement.

— Voici ma sœur Emmy et moi c'est Amanda !

— Enchanté ! disent-ils.

J'explique à Emmy qu'ils nous demandent nos prénoms et lui indique au passage que je suis angoissé comme jamais. Emmy ne connaît pas le groupe comme je le connais. Je fais le tour et commence par Choi Du-Joon à notre gauche. C'est un jeune homme de vingt-huit, il mesure un mètre quatre-vingt-un. Il n'y a pas si longtemps, Choi Du-Joon avait les cheveux bruns, maintenant il les a bleus. Au milieu, Pak Jung-Hwa, un mètre soixante-quinze, blond. Il porte un timbre de voix des plus magnifique au monde. Malgré des retours négatifs de personnes malveillantes, il en fait une force et c'est ce que j'admire, le plus, chez lui et pour finir Yoon Dae-Hyun. Un homme très réservé, mais un rappeur coréen exceptionnel que j'ai pu entendre jusqu'à maintenant. Il ne mesure pas le talent qu'il possède. Quand je l'entends rapper, c'est comme une douce mélodie dans mes oreilles. Mesurant un mètre soixante-dix-sept, il a récupéré sa couleur naturelle, c'est-à-dire noire.

— Voilà, je t'ai présenté tout le monde !

— Hum ! Tu les connais vraiment tous jusqu'à leurs tailles ! C'est impressionnant ! me dit Emmy, en rigolant.

Gêné, je ne lui réponds pas et esquive son regard.

— Les garçons, faut y aller, dit un homme, venant de nulle part.

— D'accord ! dit Choi Du-Joon.

Dans un moment d'hésitation, je regarde les trois garçons et prends mon courage à deux mains.

— Avant que vous partiez, je peux avoir votre autographe ?

— Avec grand plaisir ! me dit Choi Du-Joon, en souriant.

Cependant, je n'ai aucun papier sur moi et mal à l'aise de ma faute, ils se mettent tous à rigoler.

— Ce n'est pas drôle ! Je ne m'attendais pas à croiser le groupe qui m'a beaucoup aidé !

— Comment ça ? me demande Pak Jung-Hwa.

Son regard est très perçant et me regarde avec une telle intensité. J'évite d'en dire plus et leur demande de patienter juste deux minutes, le temps que j'aille demander à l'accueil de ce dont j'ai besoin. Je me lève et Emmy me demande où je vais comme ça. Je lui explique en deux mots et commence ma lancée. À mi-chemin, je sens que l'on m'attrape par l'épaule. Je me retourne et je me retrouve face à lui. Nos regards de nouveau l'un dans l'autre, je n'arrive de nouveau à ne plus bouger. Dans mon observation, je vois qu'il porte des lentilles bleues mais je préfère de loin sa couleur naturelle. Le voir d'aussi près m'oblige à observer les traits de son visage. Il a des yeux en amande, mais aussi parfaits qu'ils soient. Un nez arrondi, des joues assez présentes et des lèvres très pulpeuses. Un sourire se forme sur son visage :

— Je t'accompagne ! me dit-il.

— Euh… D'accord ! lui dis-je.

Je me retourne et continue mon chemin. Je sens son regard dans mon dos et sa me déstabilise. Mon cœur ne s'est pas arrêté de battre depuis qu'il a commencé. J'ai même l'impression qu'il va me lâcher à tout moment.

Nous arrivons à l'accueil, Pak Jung-Hwa baisse la tête et se cache derrière sa casquette. L'hôtesse d'accueil s'approche et je lui demande ce dont j'ai besoin. Quelques instants plus tard, elle revient avec des feuilles de papier et un feutre noir.

Je le regarde et souris de joie. Malgré mon stresse, d'être avec une des plus grandes stars de la K-Pop, je reste fidèle à moi-même. Retourné au canapé, les garçons me font chacun leur autographe et Pak Jung-Hwa propose même une photo avec eux. Ça ne fait que trois jours que je suis en Corée et que j'ai eu la chance de ma vie, rencontrer mon groupe. Intérieurement, j'explose de joie.

— Vous avez quoi de prévu ? me demande Pak Jung-Hwa.

— On va faire du shopping ! lui dis-je.

Choi Du-Joon fait remarquer aux deux autres qu'il faut qu'ils y aillent absolument et ils nous souhaitent tous de passer une très bonne séance de shopping. Je m'incline et je les remercie de leur accueil. Une fois les garçons disparus dans l'ascenseur, je me laisse tomber sur le canapé.

— Heureuse ? me demande Emmy.

— Plus que ça !

Emmy m'observe avec un sourire et me fait aussi remarquer que les magasins ne vont pas nous attendre.

— Attends ! Je vais monter ça dans la chambre ! Je ne veux surtout pas les perdre !

— D'accord, je t'attends ici ! dit-elle, en restant assise.

— OK !

J'essaie de trouver un endroit pour ne pas abîmer mes autographes et les range soigneusement dans mon cahier de voyage.

Chapitre 24
Séances shopping !

Arrivé dans une petite boutique de prêt-à-porter, je trouve mon bonheur. Déambulant dans les allées, de la boutique, je tombe sur une robe en jeans et tout en cherchant ma taille. Emmy trouve étonnant de ma part de cherche ma taille pour une robe. Elle sait pertinemment que je n'aime pas les robes.

— Je ne vais pas la porter en robe mais en longue veste !

— Pas bête, il n'y a pas ma taille à tout hasard ? me dit-elle.

Emmy passe la tête au-dessus de mon épaule et elle est à la limite de me pousser pour chercher sa taille. La première du portant est à sa taille, je la lui tends et lui conseille de l'essayer par précaution.

— Super, je vais essayer le reste au passage ! dit-elle.

Emmy essaie de demander où se trouvent les cabines à la vendeuse, mais la vendeuse ne comprendra pas un mot. Dois-je l'aider ou la laisser se débrouiller toute seule ?

— Amanda, tu peux venir m'aider ?

Je m'avance vers eux et je m'excuse auprès de la vendeuse et lui demande où se trouve les cabines d'essayage. Elle me les indique et accompagne Emmy.

Emmy insiste pour que je reste à regarder son défilé et lui donner mon avis sur ce qu'elle a pris dans les rayons. Après un très long moment Emmy ressort de la cabine et me dit qu'elle prend le tout. J'espère juste qu'elle aura asse de place dans sa valise pour le retour.

Je n'ai pas pu finir de regarder les derniers rayons et je préviens Emmy qu'un pull a attiré mon attention durant ces essayages. Je recherche ma taille et pars moi-même en cabine d'essayage.

J'essaie le jeans noir, le tee-shirt noir et la robe que je laisse ouverte et tout en me regardant dans le miroir une drôle de pensée passe comme un court en d'air. Je ne peux pas avoir ce genre de pensées ! Je ne le connais même pas, puis je ne le reverrais plus jamais de ma vie. Ce qui s'est passé tout à l'heure était l'unique chance de le rencontrer et de lui parler. Une question me parvient : pourquoi j'ai ce genre de pensée alors que l'on ne s'est vus qu'une fois ?

Après ma longue partir d'essayage, nous filons en caisse et sortons enfin de ce magasin. Je regarde l'heure sur ma montre et regarde Emmy, surprise.

— On y est resté deux heures ! lui dis-je.

— Sérieux ?

— On est satisfaite ! C'est le principal !

Retour à l'hôtel, je suis exténué. Le shopping m'a plus fatiguée que je n'aurais pu le croire. Je m'allonge sur le lit et regarde Emmy.

— On mange où ce soir ?

Emmy me regarde à son tour et réfléchit quelques secondes.

— En face ! Je veux trop manger à nouveau leurs nouilles. Elles étaient magnifiques en bouche ! me dit-elle.

— Attention tu baves !

— Même pas vrai ! me dit-elle.

Emmy se frotte le menton et je me mets à rigoler.

— Pourquoi tu rigoles ?

— Tu y as cru quand même ! lui dis-je.

Emmy ne me répond pas mais me tire la langue.

— Je file à la salle de bain ! dis-je à Emmy.

Chapitre 25
Visite inattendue !

J'ai le ventre tellement plein que je ne n'ai pas pu finir mon assiette, comme l'autre jour et j'ai demandé à emporter le reste. Mon estomac va me détester demain matin. Emmy à raison, ce sont les meilleures nouilles que j'ai mangées toute ma vie.

Démaquiller, en pyjama et entrain de me laver les dents, j'entends Emmy crier depuis la chambre.

— Oui ? lui dis-je.

Je n'entends aucune réponse de sa part. Je nettoie vite fait mon menton et continue d'astiquer mes dents. Je sors de la salle de bain et ne vois Emmy nulle part.

— Tu es où ?

— À l'entrée ! me dit-elle.

Je me dirige vers la porte d'entrée.

— Mais qu'est-ce… dis-je.

Je n'y crois pas, il se tient devant moi sur le pas de la porte. Il n'a pas le même tenu que cette après-midi. Cette fois-ci, il porte un jeans et un pull noir avec une casquette noire. Dans sa main se tient un masque. Personne ne doit savoir qu'il est ici. Je me demande si les autres membres sont au courant. Il me regarde et sourit. Je ne sais plus quoi faire et je regarde Emmy. Elle me regarde avec les yeux grands ouverts et avec son doigt m'indique sa bouche. Je regarde ma main et vois ma brosse à dents dans mes mains. Je regarde à nouveau Emmy et je le regarde à son tour. Je cache ma main dans mon dos et retourne dans la salle de bain pour me rincer.

— Emmy, tu aurais dû venir me chercher au lieu de crier après moi ! me dis-je.

Je me passe de l'eau sur mon visage pour faire disparaître la honte qui s'affiche sur mon visage et Emmy toque à la porte.

— Je peux rentrer ? me demande-t-elle.

— Hum !

Emmy ouvre la porte et elle commence à avoir un fou rire et des larmes apparaissent sur son visage.

— Ça va ? Pas trop la honte, me dit-elle.

— Tu aurais dû venir me chercher, au lieu de crier après moi ! lui chuchotais-je.

— Tu aurais dû voir ta tête ! C'était magique ! dit-elle.

Emmy a dû mal à calmer son rire et mon visage continue de rougir de honte. Emmy me dit qu'il n'a pas voulu rentrer par respect et qu'il m'attend sur le pas de la porte à l'extérieur.

— Tu lui as parlé ?

— Avec le traducteur sur internet !

— Hum ! Va me chercher un jeans et un pull ! lui dis-je.

Emmy quitte la chambre, sa main sur son ventre et je m'asseye sur le bord de la baignoire. J'essaie de cacher un maximum le sentiment de gêne que j'ai sentie. Depuis la porte, Emmy me tend un jean et mon pull et je les enfile aussi vite que je peux, pour ne pas le faire trop attendre.

Ma main sur la poigne de la porte d'entrée, je prends une grande inspiration et ouvre la porte. Il se retourne et son regard croise le mien. Je sens mon sang monter dans mes joues. Je ferme la porte contre. Il se tient devant moi, les bras dans le dos.

Je sens qu'on est tous les deux, mal à l'aise à la situation et moi encore plus en vue de ce qu'il venait de se passer, quelques instants plutôt.

— Je voulais… disons-nous en même temps.

— Je vous en prie, à vous l'honneur ! me dit-il.

Un sourire s'affiche son visage et malgré les millions de photos que j'ai de lui, le voir en vrai ce n'est pas la même chose. J'ai l'impression de le voir pour la première fois. Pourtant je sens une timidité derrière ce sourire.

— Je voulais m'excuser, je ne savais pas que vous étiez là !

— Il n'y a aucun mal ! me dit-il.

Toujours gêné, je le regarde. Puis je me demande bien pourquoi il est ici.

— Que faites-vous ici ? lui dis-je.

— Je voulais savoir si vous aviez dîné ? me demande-t-il.

Je vois bien qu'il est timide. C'est l'un de ses traits de caractère. Il l'avait dit un jour durant une interview.

— Oui, j'en reviens. Pourquoi ?

— AH !

Il devient encore plus mal à laisse et moi encore plus parce que je ne sais pas la vraie raison de sa venue. Il se frotte la nuque et un sourire gêné s'installe sur ses lèvres.

— Je voulais… euh… savoir si manger une glace vous tenterait ?

Quoi ? Il veut manger une glace avec moi ? Lui et moi seul, dehors ? Ou Emmy est également invité ?

— Une glace ? Vous et moi seulement ? demandais-je.

Gêné, il ne me regarde pas.

— Oui ! dit-il.

Emmy ! Je ne peux pas la laisser toute seule. Mais d'un sens j'ai vraiment envie de manger cette glace, seule avec lui.

— Je dois voir avec ma sœur, si ça ne la dérange pas que je la laisse seule !

— Je comprends ! Je vous laisse le temps qu'il faut.

Je retourne dans la chambre et je regarde Emmy qui se cachait derrière la porte. Mon regard doit tellement en dire long qu'elle me prend par les épaules et me sourit.

— Tu peux y aller ! me dit-elle.

— Hein ? Comment tu sais ? demandais-je, surprise.

Emmy m'explique qu'elle lui a demandé la raison de sa venue et en réfléchissant, un instant, elle avait du temps à venir me voir dans la salle de bain.

— Tu es sûr que ça ne te dérange pas de rester une heure toute seule ?

— Non, je vais profiter pour appeler Colin.

Emmy retourne dans la chambre et s'allonge sur le lit.

— Ne lui dis pas avec qui je suis. Personne en doit savoir !

— Promis, je ne dirais rien !

J'enfile mes baskets et je fais un bisou sur le front d'Emmy. Ma tenue n'est pas appropriée pour un rendez-vous mais il m'a prise de court. Est-ce que j'ai le droit de dire que c'est un rendez-vous ou pas ? Je ne sais pas comment je dois interpréter sa proposition ! Être invité par mon idole, c'est inimaginable, alors parler d'un premier rendez-vous ça fait un peu trop pour ma tête.

J'ouvre à nouveau la porte te je lui dis qu'Emmy est d'accord, mais il doit déjà connaître la réponse. Dans l'ascenseur, il enfile à nouveau son masque. Depuis la sortie de l'hôtel un silence s'est installé. Je suis tellement gêné que je ne trouve aucun sujet de conversation. C'est très intimidant de se balader avec une des plus grandes stars du monde. Je sais que c'est un homme timide, ça a dû lui demander beaucoup de courage de venir me proposer cette sortie nocturne.

— Vous avez trouvé mon numéro de chambre comment ? lui demandais-je.

Je ne sais pas si c'est mon stresse ou pour casser ce silence mais la question est sortie toute seule.

— Euh… Quand vous êtes monté dans votre chambre après notre départ, je rentrais dans l'une des chambres pour un shooting photo, m'avoue-t-il.

— Hum ! Je vois !

Une autre question me passe par la tête, mais je ne sais pas comment la lui demander. Je ne sais pas si la réponse me plaira. Mais je suis trop curieuse pour la laisser en suspense.

— Je me peux me permettre une question ?

— Hum… Oui !

Je réfléchis une seconde et prends une grande inspiration en silence.

— Je voulais savoir pourquoi ne pas m'avoir ignoré ce matin ?

Il me regarde, je ne vois que ses yeux. Son regard est surpris de ma question. Puis ses yeux se plissent et j'en déduis qu'il sourit.

— Parce que… commence-t-il par dire. Je voulais rendre une fan heureuse.

— C'est la seule raison ?

— Hum… Oui !

Au fond de moi, j'espérais une autre réponse. Où ai-je la tête ?

— Comment vous saviez que je suis une fan ?

— Vos bijoux !

Je regarde mon poignet et mets la main sur mon collier, trahie par mes bijoux.

Chapitre 26
Balade au parc

Le marchand prend nos commandes. Je lui demande de mettre ma glace dans un pot et non un cornet parce que je ne le mangerais pas. Il étouffe un rire et commande la même chose que moi. Deux pots à la vanille. Nous sortons et il me propose une balade au parc, qui se trouve juste à côté.

— Il n'y aura pas trop de monde ?

— Il y en a très peu à cette heure-ci, dans ce parc.

— Ah ! Je vois !

Nous sommes à peine arrivées à l'entrée du parc que la vue est déjà magnifique. Une grande allée, avec des fleurs sur une centaine de mètres s'offre à nous. Des milliers de pétales de fleurs couvrent entièrement le sol. Émerveillée par la beauté que m'offre le parc, je me peux contenir ma joie.

— C'est tellement magnifique ! dis-je.

— J'aime venir ici à cette période de l'année ! me dit-il, en souriant.

Je lui donne mon pot de glace et cours au centre de l'allée. Les pétales volent sous mon passage et je m'arrête un instant. Je lève doucement ma tête vers le haut et vois le ciel caché par les branches d'arbres. Des pétales tombent sur mon visage et je me mets à tourner sur moi-même. Un dicton coréen dit que si on tend notre main et qu'un pétale de cerisier s'y dépose en compagnie d'une personne, c'est qu'elle est notre âme sœur. Sans réfléchir, je tends ma main et un pétale s'y dépose.

Je reviens à moi doucement et le cherche du regard. Le sien ne m'a pas quitté et son masque est retiré. Je vois son visage adouci par un sourire rempli de bonheur. Son sourire me déstabilise à nouveau et je ne sais pas ce qu'il se passe à ce moment précis mais je sens que quelque chose change en moi.

Il commence à s'avancer vers moi et je ne peux que l'admirer. Jusqu'à présent, je l'avais vue qu'en vidéo. Il a une démarche sûre et un élan tout aussi élégant que lui. Son visage affiche toujours le même sourire, sans relâche. Je sais qu'il a connu des périodes très difficiles dans la vie mais il en a fait une force et je ne peux que l'admirer pour ce qu'il est devenu.

Il me tire de mes pensées et me tend mon pot de glace. Je m'excuse de le lui avoir donné aussi brutalement, ce qui le fait beaucoup rire.

— On va s'asseoir dans l'herbe ? me demande-t-il.

— Hum ! lui dis-je.

Il profite du fait d'être dans un coin reculé, à la vue de tous, pour retirer sa capuche et sa casquette. Il me propose de m'asseoir en première.

— Pas trop chaud là de sous ? lui demandais-je.

— Un peu. Mais je n'ai pas le choix. Je dois rester à couvert quand je sors !

— Je comprends !

Ma glace finie, je pose le pot dans l'herbe pour ne pas être embêté avec. Je regarde légèrement mon téléphone pour voir si je n'ai rien de textos de la part d'Emmy mais rien. Elle doit être sûrement encore au téléphone avec Colin.

— C'est magnifique ici ! lui dis-je pour briser le silence.

Il m'explique qu'à sa venue à Séoul avant de devenir un membre du groupe, à part entière, il venait beaucoup ici. Surtout le soir, parce qu'il n'y a pas grand monde et c'était agréable pour lui. Ça lui permettait de faire le vide dans sa tête. Je comprends mieux pourquoi il savait qu'il n'y aurait pas grand monde. Il connaît se parc par cœur.

— Vous venez encore ?

— Quand je le peux ! me dit-il.

Il me dit qu'être une star mondialement connue a des avantages comme des inconvénients. Les sorties dans ce parc font partie des inconvénients.

— Désolé ! Je pose trop de questions !

— Ce n'est rien ! me dit-il, souriant.

Mal à l'aise de l'avoir gêné, je n'ose plus dire un mot. Voyant le ciel dégagé, un sourire se dessine sur mon visage.

— Pourquoi vous souriez ? me demande-t-il.

— Quand je regarde la lune, ça me fait toujours sourire, lui dis-je.

Je baisse ma tête dans sa direction et mon regard se fige dans le sien. Le regard qu'il peut avoir met complètement inconnue. Je ne le l'ai encore jamais vu sur mes photos. Intimidée, je détourne le regard, puis sa voix me parvient aux oreilles.

— Je peux me permettre une question qui me travaille depuis cette après-midi ? me demande-t-il.

— Bien sûr !

Il hésite un moment puis me regarde.

— Si c'est trop personnel, dites-le-moi !

— Hum ! D'accord, lui répondais-je.

Il baisse à nouveau sa tête, se frotte les mains l'une contre l'autre. Sa tête me fait à nouveau face et il affiche un sourire gêné.

— Cette après-midi, vous aviez parlé du groupe en disant « Le groupe qui vous a aidé », je peux savoir de quoi vous parliez exactement ?

Je ne sais pas, si c'est de l'inquiétude ou de la curiosité, mais je ne le connais pas. Je ne vois pas dire à une idole que j'ai eu une période très compliquée et que sa musique est une des raisons du retour de mon sourire.

— Ah ! Euh… C'est compliqué à expliquer ! lui dis-je, tout simplement.

— Je comprends ! Période très compliquée !

Je ne veux pas le blesser donc je préfère changer de sujet.

— On va se dégourdir les jambes ? lui dis-je en me levant.

— Euh… D'accord ! répond-il en se levant.

Parler de mon passé, c'est très compliqué pour moi. Je préfère aller me balader et garder un bon souvenir de cette soirée unique.

Sur le trajet du retour, il me pose un tas de questions sur moi. Il veut savoir dans quoi je travaille, mes passe-temps, ou encore mes goûts alimentaires. J'ai l'impression d'être à un rencard.

Arrivée devant l'hôtel, il insiste pour me raccompagner jusqu'à la porte de ma chambre. Je ne peux le lui refuser après cette magnifique soirée.

Devant la porte de la chambre, je le remercie encore pour la glace et ce merveilleux moment passé en sa compagnie.

— C'était un plaisir pour moi ! me répond-il.

Je peux qu'afficher un sourire timide à sa réponse.

— Je vous laisse vous reposez, bonne soirée.

— Merci ! À vous aussi !

Je m'incline en même temps que lui et sa tête passe à quelques millimètres de la mienne. Je sens ses cheveux touchaient les miens.

— Excusez-moi ! lui dis-je en frottant le haut de ma tête !

— Il n'y a aucun souci ! me répond-il en souriant.

— Bonne soirée ! lui dis-je.

Je le regarde s'éloigner et j'attends qu'il monte dans l'ascenseur avant de rentrer dans ma chambre. L'ascenseur arrive trop vite à mon goût. Il se stoppe, tourne son visage et me regarde. Un sourire se dessine sur ses lèvres. Il enfile à nouveau sa capuche sur sa casquette et monte dans l'ascenseur.

Je rentre dans la chambre et la lumière est encore allumée. Emmy saute du lit et me demande un rapport détaillé sur ce rendez-vous.

— Ce n'est pas un rendez-vous !

— Et tu classes cette sortie dans quoi alors ?

— Je ne sais pas, mais pas dans la case « rendez-vous » !

Je continue à lui expliquer ma soirée et je lui raconte le moment où il a posé la question sur ce que j'ai dit plutôt dans la journée. Emmy comprend mon point de vue et sait également que c'est compliqué pour moi de parler de mon passé. Surtout cette période.

Chapitre 27
Une blague… ou peut-être pas !

Je suis réveillé par la pluie qui frappe contre la fenêtre. Je regarde le réveille et il n'est que huit heures. Moi qui voulais dormir un peu c'est raté. De plus je voulais déjeuner au parc mais avec cette pluie, ça ne sera pas possible. Je prends mon portable et envoie un texto à ma mère. Je sais qu'il fait nuit en France mais à son réveille elle sera que tout se passe bien pour nous ici et sera rassurer.

Moi
Bonjour maman, tout se passe bien ici. Aujourd'hui il pleut, donc je pense que l'on va rester à l'hôtel. Voici quelques photos de nos visites. Je t'embrasse !

Emmy dort encore, donc je vais vite me préparer et lui laisse un mot au cas où si elle se réveille le temps que j'aille à l'accueil.

Le jeune homme de l'accueil à l'air vraiment fatigué. J'espère pour lui que son service est bientôt terminé et qu'il pourra aller se reposer. Je lui demande s'il est encore possible de déjeuner au restaurant de l'hôtel et me confirme que oui. Avec le temps, le directeur avait prévu qu'il risquerait avoir du monde au matin. Très prévoyant se directeur. Le jeune homme, nous inscrit sur la liste et me dit que le maximum pour y accéder c'est dix heures. Je le remercie de son service et disparais de l'accueil.

J'attends l'ascenseur et le jeune homme de l'accueil cri depuis le comptoir. Je me retourne par curiosité et le vois courir vers moi. Il reprend son souffle et il me tend une enveloppe.

— Un homme a déposé ça pour vous hier soir ! me dit-il.

— Hein !

Je prends l'enveloppe et me demande qui a bien pu la laisser. Il me souhaite de passer une bonne journée et je lui retourne sa politesse. Dans l'ascenseur, je regarde l'enveloppe et le numéro de ma chambre y est bien écrit. Ça ne peut pas être une erreur.

Je rentre dans la chambre et Emmy me regarde avec les yeux encore endormis. Je lui explique qu'avec le temps, notre petit déjeuner au parc tombe à l'eau et qu'il faudra se contenter de celui de l'hôtel. Emmy me regarde et regarde l'enveloppe.

— C'est quoi ça ?

— Je ne sais pas, un homme la déposer hier soir pour nous.

Je la pose sur le bureau et file à la salle de bain pour me doucher. Assise sur le bord de la baignoire, je repense à la soirée que j'ai eue hier soir.

— Ça ne peut pas être vrai ! J'ai dû rêver ! me dis-je.

— Amanda !

— Oui ?

— Je ne comprends rien, c'est écrit en coréen !

De quoi elle parle ? Elle doit être encore en train de dormir ! Je rejoins Emmy dans la chambre et elle me tend un papier.

— Il y a que toi qui peut comprendre ! me dit Emmy.

Je mets la feuille correctement et commence à lire.

Bonjour,

Le Groupe Bunch of Boys, vous invites à passer la journée dans leurs locaux.

Un chauffeur viendra pour récupère pour treize heures ce jour.

Deux badges vous sont transmis, lesquels il faudra présenter à votre arrivée.

Très bonne journée à vous, mes dames.

— C'est quoi cette blague ? dis-je en prenant l'enveloppe.

— Quoi ? C'est quoi ?

Je ne lui réponds pas et récupère l'enveloppe sur les genoux d'Emmy. Je regarde à l'intérieur et deux badges se trouvent bien à l'intérieur. Le logo du label y est inscrit ainsi que nos prénoms. Le mot « VIP » est également écrit en haut des badges.

— Tu vas me répondre, oui ! Me dit Emmy.

— Mon groupe… Ils nous invitent dans leurs locaux, pour la journée.

Je pose le tout sur le lit et quitte la chambre à toutes jambes.

À la réception, le jeune homme est encore là, chance pour moi. Il me regarde avec le sourire.

— L'enveloppe, qui la déposer ? Vous avez vu qui c'était ? lui demandai-je.

Le jeune homme m'explique qu'il n'a pas vu le visage de cette personne parce qu'il portait un masque et une casquette.

— Ses yeux étaient à peine visibles. Il m'a juste demandé de vous la transmettre ce matin, avant midi, me dit-il.

— Merci ! lui dis-je.

Hier soir, il portait exactement la même chose décrite par le réceptionniste. Ça veut dire qu'il avait déjà prévu de me revoir.

Retournée dans la chambre, Emmy m'attrape par les bras.

— Tu étais où ? me demande-t-elle.

— À l'accueil de l'hôtel, j'ai demandé qui avait déposé l'enveloppe ! lui dis-je.

Emmy croise les bras et me regarde fixement.

— Et alors ? me demande-t-elle.

— Je ne suis pas sûr mais je pense que c'est lui !

— Sérieux ? me demande-t-elle, surprise.

— Je ne suis sûr de rien.

Je me demande bien ce qu'il lui a pris de nous inviter. Je ne suis qu'une simple fan comme les autres et Emmy le l'est pas. Je ne sais même pas s'il peut inviter des fans dans les locaux. J'en doute fort.

— Tu penses à quoi ? me demande Emmy.

— Hum… Je me demande bien ce qu'il lui a pris de nous inviter dans les locaux.

— Tu es sérieuse là ? me dit Emmy.

Je regarde Emmy les yeux grands ouverts. Que veut-elle dire ?

— Quoi ? dis-je.

— Tu as la chance que personne n'a eue jusqu'à maintenant !

— Ce n'est pas que je doute mais…

— Rien du tout, compris ! Profite de l'unique chance que tu as ! Tu n'en auras pas d'autres ! me dit-elle.

Emmy a sûrement raison. Mais après avoir passé du temps avec lui, le sentiment de profiter m'envahit. Je ne suis pas le genre de personne à profiter des autres et de leurs statuts.

— Je vais me préparer, on va aller déjeuner et on va aller voir tes stars mondiales ! me dit Emmy, se levant du lit.

— Hum… D'accord.

— Il y a une adresse pour s'y rendre ? me demande-t-elle, examinant le document.

J'explique à Emmy qu'un chauffeur viendra nous chercher pour treize heures.

— Un chauffeur, sérieux ? me demande-t-elle, surprise et heureuse.

— Oui ! Je suis sérieuse.

— Par compte tu vas te changer ! me dit-elle, examinant ma tenue.

Je porte un simple jeans et un pull. Ma tenue me convient très bien mais pas pour Emmy. Je ne sais pas vraiment quoi mettre pour leur rendre visite. Je n'aime pas les surplus, rester dans la simplicité me convient parfaitement. Emmy s'enferme dans la salle de bain et je m'allonge sur le lit. Via mon portable, je regarde les photos que nous avons prises hier.

Après une éternité, Emmy sort de la salle de bain et me voyant toujours habillé de la même tenue que tout à l'heure elle fouille mes vêtements et commence à me choisir une tenue.

— Ma tenue me va très bien !

— Pas pour aller voir une star mondiale ! Change-toi et de suite !

Je peux garder mon jeans. Elle me choisit un tee-shirt noir et la robe en jeans que j'ai achetée hier que je mettrais en guise de veste. Et sans oublier les baskets, ma paire de Nike blanche.

Chapitre 28
Entrevue imprévue

Treize heures, une voiture nous attend devant l'hôtel et un homme en sort. Monsieur Yu ! Monsieur Yu s'avance vers nous et nous indique qu'il est notre chauffeur. Il nous accompagne jusqu'à la voiture et nous ouvre la porte arrière. Emmy ne sait pas contenir sa joie, une seconde de plus.

— Un chauffeur, qui nous ouvre la porte, comme si on était des stars… ça me plaît bien ! Merci, monsieur Yu ! dit-elle.

— Avec plaisir, madame Blink.

Emmy monte la première et je m'incline devant monsieur Yu.

— Je vous remercie d'être venue nous chercher, lui dis-je.

— C'est un grand plaisir de vous revoir ! me répond-il, souriant.

Je m'incline une nouvelle fois et je monte dans la voiture. Il referme la porte derrière moi et prend place derrière le volant.

Emmy s'amuse très bien en jouant les stars, comme dans les films. Emmy n'arrête pas de prendre des selfies d'elle tout le long du trajet. Je ne sais pas comment, elle fait pour apprécier ce moment, pendant que moi j'angoisse.

Arrivé devant les locaux, monsieur Yu se dirige vers le parking souterrain. Une fois à l'intérieur, une dame de la trentaine d'années nous accueille et contrôle nos badges. Les badges examinés, elle nous demande de la suivre. Hésitant un instant, je regarde monsieur Yu qui me fait signe de la suivre. Je ne sais pas pourquoi, mais j'ai un sentiment de confiance envers lui. Pourtant je ne le connais pas. On se s'est parlé qu'une seule fois et on ne s'est pas revus jusqu'à aujourd'hui.

Les portes de l'ascenseur s'ouvrent, et la dame continue son chemin jusqu'à une porte blanche. Elle ouvre une porte et une foule s'y tient. Une chanson se fait entendre dans toute la pièce. Emmy me regarde et elle affiche un air inquiet. Je lui prends la main pour la rassurer.

— On est où ? me demande-t-elle.

— Je n'en suis pas sûr !

J'examine la pièce et je regarde au-dessus des épaules de la foule. Je ne vois rien et aperçois un petit espace où je peux regarder ce qu'il se passe. Depuis le petit endroit, j'aperçois le groupe se produire en direct pour une prestation de danse.

— Je vais prévenir l'équipe que vous êtes arrivé ! me dit la jeune femme.

— Ne dites pas aux garçons que nous sommes déjà arriver, je ne veux pas les déconcentrer ! lui dis-je.

— Entendu, je vais au moins prévenir le manager ! me dit-elle.

La dame se faufile entre les gens et disparaît dans cette foule. Je tourne de nouveau ma tête pour regarder ce qu'il se passe devant moi.

— Alors on est où ? me demande Emmy.

— Dans l'une des salles de répétition. C'est ici qu'ils filment leur prestation en direct.

— Hum… Tu en connais des choses dis-donc ! me dit Emmy.

Mes yeux admirent ce qu'il se passe devant moi. Aucun fan n'a eu le droit, jusqu'à aujourd'hui, de voir leurs prestations directement sur place. Aucun fan n'est monté jusqu'à présent. Je suis la seule et je me demande bien pourquoi. Plonger sur chaque pas de danse, je sens une main me taper l'épaule.

— Hum ? dis-je en me retournant.

Emmy me regarde et me fait signe avec son pouce pour me montrer une personne derrière elle. Mes yeux s'agrandissent en voyant la personne devant moi. Monsieur Kim, manager et producteur du groupe. Je me lève aussi rapidement que possible et m'incline. Malgré qu'il doit savoir que je sais qui il est, il se présente. Emmy s'incline également et je lui dis que monsieur Kim est le producteur des Brunch Of Boys.

— Oh ! Je vois ! me dit Emmy.

— Mes dames, pourrions-nous avoir une entrevue ?

Je lui réponds seulement par un signe de tête. Emmy me regarde et je lui dis que je ne sais pas ce qu'il veut bien nous vouloir.

Emmy demande à rester à l'extérieur et je la supplie du regard de me suivre.

— Si j'ai bien compris et vu qu'il n'y a pas d'interprète, il ne veut voir que toi, me dit ma sœur.

Emmy me pousse dans le bureau où monsieur Kim m'attend et referme la porte. Gênée par la situation, je ne sais plus quoi faire. J'ai envie de m'enfuir loin mais je suis aussi curieuse de savoir ce qu'il veut bien me vouloir.

— Je vous en prie, asseyez-vous ! dit monsieur Kim.

— Merci ! dis-je.

Monsieur Kim est un homme grand, brun et très fin. Il a la quarantaine d'années, si ma mémoire est bonne, cependant je dois dire qu'il fait beaucoup plus jeune.

Monsieur Kim m'explique qu'un des membres a demandé à m'inviter pour l'après-midi mais qu'il a imposé une condition. C'est cette entrevue.

— Ah ! dis-je.

Une angoisse me monte dans le ventre et s'affiche sur mon visage. Monsieur Kim affiche un sourire.

— Ne soyez pas mal à l'aise. Je ne fais de mal à personne, dit-il.

— Hum ! fais-je.

Monsieur Kim m'explique que le membre, sans prononcer son prénom, a lourdement insisté pour nous inviter. Il ne lui avait jamais demandé une telle demande jusqu'à hier, début de soirée. Son visage est plutôt décontracté, je pense que je n'ai pas à m'en faire. Monsieur Kim ne me cache pas qu'il a eu un moment de doute mais en vue de mon comportement hier matin, il n'a pas pu refuser une telle demande. Continuant son récit, je m'aperçois qu'il tourne un peu autour du pot et ça commence à m'agacer.

— Allez droit au but, monsieur Kim, lui dis-je.

Hein ! Pourquoi je le lui ai demandé comme ça ? Monsieur Kim me regarde surpris du ton que j'ai pris avec lui et m'excuse.

— Je vais être honnête avec vous, j'étais contre cette idée.

Il prend une pause dans ses paroles. Il reprend la parole et me dit qu'il faut que je comprenne bien qu'il n'a jamais vu ce membre autant insister pour quelqu'un. Je ne comprends pas où il veut en venir et continue de tourner autour du pot. Puis je me demande si ce n'est pas ma barrière qui m'empêche de bien comprendre ce qu'il essaie de me dire. Ai-je vraiment envie de comprendre ? Depuis quatre ans, je vis au jour le jour, sans me poser de questions. Mais depuis soir, ma tête est remplie de questions sans réponses.

— Écoutez, monsieur Kim, soyez plus clair dans vos paroles !

Monsieur Kim m'observe et me dit enfin le fond de ses pensées. Il veut que tout ce qu'il se passe avec les garçons reste confidentiel. Je lui dis que s'il faut que je signe un document officiel je le signerais sans aucun problème. Ne trouvant pas utile il abandonne l'idée. Je regarde monsieur Kim et je vois qu'il veut ajouter quelque chose.

— Si vous avez d'autres choses à dire, dites-le !

— Vous vous êtes très bien conduite hier avec eux. Vous avez beaucoup de respect pour les gens !

— Si l'on ne se respecte pas soit même, on ne peut respecter les autres ! lui dis-je.

— J'aime beaucoup votre façon de voir les choses.

Il me demande s'il peut me poser une question et j'accepte ça demande. Monsieur Kim m'explique, pour la sécurité des garçons, il a fouillé mes réseaux sociaux. Ce qu'il me dit ne me surprend pas. Je pense qu'en tant que manager, il doit veiller au bien-être du groupe, et fouiller mes réseaux en fait partie. Un air interrogateur s'affiche et en vient enfin à sa question qui me surprend un peu.

— La photo que vous avez prise avec les garçons, pourquoi ne pas l'avoir publiée ?

— Pourquoi ? Je n'y suis pas obligé ! Si ? lui demandais-je.

— Beaucoup l'auraient fait dans la seconde, mais pas vous !

Je baisse la tête et ne veux pas révéler ma vraie pensée.

— En tout cas, je constate que vous avez un bon caractère ! m'avoue-t-il.

Je le regarde et m'incline seulement. Je ne sais pas comment je dois prendre cette réflexion.

— Je vais vous libérer et vous laissez profiter des garçons !

— Merci ! dis-je en m'inclinant.

— Tout le plaisir est pour moi ! Très bonne journée à vous madame Blink ! nous dit-il, en s'inclinant.

Monsieur Kim sortit de la pièce, me laissant seule. Je me détends enfin et m'affale sur le siège. Mince, j'allais oublier ! Je quitter la pièce et Emmy se tient devant la porte et les garçons à quelques mètres de nous parlent avec monsieur Kim. Je suis sortie trop tard pour entendre la conversation entièrement mais la fin me laisse perplexe.

— Je comprends mieux pourquoi tu as insisté ! dit-il.

Je regarde Emmy et continue d'écouter. Monsieur Kim doit en savoir plus de ce qu'il a pu me faire paraître dans le bureau.

— En tout cas, tu as de la chance d'être tombé sur elle ! dit-il, avant de partir.

Monsieur Kim part et son regard croise le mien. Un mal l'aise s'installe en vue de ce que je viens d'entendre, « Tu as de la chance d'être tombé sur elle ».

— Ah, vous êtes là ! Choi Du-Joon.

— Bonjour ! dis-je en m'inclinant.

La journée prévue par les Bunch of Boys restent très simple, mais ce qui m'a le plus touché c'est que malgré la simplicité de cette journée, nous avons beaucoup rient. Comme quoi la simplicité peut faire beaucoup plus de choses qu'une grande journée organisée. Emmy a communiqué, avec eux, via une application de traducteur ou par moments je jouais les traductrices pour aller plus vite. Emmy adore Choi Du-Joon, elle a plus rigolé avec lui qu'avec les autres.

Passant du temps avec eux, m'a fait réaliser qu'ils ne se montrent pas totalement eux-mêmes à l'écran. J'ai pu voir leurs vraies personnalités, à visage caché. Ça ne doit pas être simple, chaque jour d'être soit même, quand on est des stars mondiales. Passer du temps avec eux, n'a pas de prix.

Chapitre 29
La supérette puis le jardin botanique

Au réveille je propose une balade au jardin botanique.

— Un jardin botanique, ce n'est pas où il y a pleins de fleures ? me demande-t-elle.

Je lui réponds que si et de regarder sur google.

— On passera à la supérette de quoi pique-niquer ! dis-je.

— Si tu veux ! Allons au jardin botanique, le temps que ce n'est pas un zoo, me dit-elle.

Emmy est pour la liberté des animaux. Elle n'est jamais allée dans un zoo et moi non plus. Pour nous un animal n'a pas sa place dans un zoo ou dans un cirque. Un animal doit être libre et non en cage.

Arrivés à la supérette, nous choisissons nos plats et nos boissons pour notre journée. Le choix de nos articles terminés, je donne tout au caissier et Emmy me fait remarquer qu'il me regarde avec un étrange sourire.

— C'est moi ou bien tu lui plais ? me dit Emmy.

— Ce n'est pas parce qu'il me sourit que je lui plais. Je ne plais à personne.

Emmy se rapproche un peu plus de moi.

— Et qui tu sais ? dit-elle.

— Il a seulement voulu être gentil ! Rien de plus ! lui dis-je.

— Hum… Je ne le vois pas comme ça ! dit Emmy, prenant le sac.

Je regarde le caissier, même s'il ne comprend pas un mot français, je n'en reste pas moins mal à l'aise. Emmy ne doit pas avoir tort, en vue du sourire qu'il me lance.

— Je vous dois combien ?

— Ça vous fera vingt-cinq mille won.

Je lui tends l'argent et il me rend aussi tôt ma monnaie. Je m'incline et disparais du magasin aussi vite que je le peux. Sortie de la supérette, Emmy me demande si j'ai eu le courage de lui demander son numéro de téléphone.

— Hein ! Tu es folle, dis-je.

— Il était plutôt mignon pourtant !

Je n'ai pas vraiment fait attention à son apparence, tout ce que j'ai pu voir c'est qu'il a été gentil et nous a bien accueillis dans son magasin.

— Je n'ai pas fait attention à ça ! lui dis-je.

— Le caissier ou Pak Jung-Hwa, lequel choisir ? finit-elle par dire, se frottant le menton !

— Arrête de dire des bêtises ! dis-je.

Je regarde Emmy et sans le vouloir j'explose de rire.

— Pourquoi tu rigoles ? me demande Emmy.

— C'est toi qui me fais rire avec tes bêtises !

Emmy me regarde, surprise que je rigole.

— Ben quoi ?

— Rien ! Allez, avance, à cette allure on arrivera au jardin demain matin ! dis-je à Emmy.

J'accélère le pas et Emmy cri mon prénom dans mon dos et me rattrape en courant.

Arrivé au Jardin botanique, Emmy est émerveillée par la beauté de ce parc. Elle a les yeux qui pétillent. Je paie nos billets à l'accueil et j'embarque un plan également pour nous repérer. Je montre à Emmy le parcours que nous pouvons commencer par faire et lui montre également un endroit pour pouvoir manger.

Sur tout le trajet, nous avons pris énormément de photos.

— Fais voir les photos que tu as prises ? me demande-t-elle.

Hésitante, je lui donne quand même l'appareil. Emmy regarde les photos une à une puis lève sa tête vers moi :

— Tu as des photos de moi ? me demande-t-elle, surprise.

— Oui ! dis-je, gêné.

— Elles sont magnifiques en plus ! me dit-elle.

Surprise de sa réaction, je lui réponds par un sourire. Emmy lève l'objectif dans la direction et prend une photo de moi.

— Non ! Pas de moi ! lui dis-je.

— S'il te plaît ! me supplie-t-elle.

Je regarde Emmy, et elle fait la moue et son regard me supplie.

— Juste une alors !

Emmy lève à nouveau l'appareil et la joie se montre sur son visage.

— Oh ! Trop bien ! dit-elle. Un, deux, trois.

Emmy tire la photo et la regarde.

— Tiens, regarde ! Elle est juste parfaite !

Je prends l'appareil photo et j'observe la photo. Je le rends à Emmy et elle me fixe, l'air inquiète.

— Elle ne te plaît pas ?

— Si, elle est jolie.

Emmy pose sa main sur mon épaule et me dit qu'elle sait que je ne pose plus rien sur mes réseaux. Les photos de moi se font rares. Et surtout qu'il faut que j'arrête de me renfermer sur moi-même. Ma gorge commence à me serrer.

— Emmy… dis-je.

— Amanda, tu peux mentir à qui tu veux mais pas à moi ! me dit-elle.

Je ne peux regarder Emmy. Je lui explique que ma vie que je mène actuellement me convient parfaitement. J'ai des amis en or, une famille que j'aime plus que tout et de l'avoir retrouvé. Un travail que j'aime et surtout où je me sens très bien. Que demander de plus pour être heureuse ? Emmy lève mon visage pour la regarder.

— Libère-toi de tout ce poids que tu gardes en toi depuis quatre ans !

Emmy à raison, mais je ne sais plus comment faire pour être plus libre d'exprimer mes sentiments.

— On prend une photo ensemble ? demandais-je à Emmy, tête baisser.

— Hein ? Répète, je n'ai pas très bien entendu ! dit-elle.

Emmy se penche comme pour entendre mieux ce que je viens de lui demander et me sourit.

— Ne fait pas l'ignorante ! dis-je, gêné.

— Allez, rapproche-toi !

Emmy rallume l'appareil et le tourne pour nous prendre en photo. J'observe la photo, je trouve qu'elle rend très bien.

Sur le reste de la balade, Emmy me promet ne pas prendre d'autres photos et de moi. Je lui confis l'appareil et nous continuons notre visite de ce super jardin botanique.

Une fois rentré à l'hôtel, je me rends compte qu'Emmy a raison. Faut que j'arrête à bloquer mes sentiments que je renferme en moi. Monté dans l'ascenseur, par curiosité, j'allume l'appareil photo et regarde les photos qu'Emmy a prises.

— Je vais te tuer ! lui dis-je.

Chapitre 30
Problème et invitation

Six jours que nous sommes arrivé en Corée que je remercie de monde d'avoir créé un tel pays rempli de merveilles. Nous avons pu visiter tant de lieux, nous avons vu tant de choses magnifiques. Aujourd'hui c'est balade au marché de Namdaemun pour y trouver des petits souvenirs pour nos proches. Emmy prend plus de temps que prévu dans la salle de bain, je me rends compte qu'elle prend plus de temps que la normale. Je toque à la porte de la salle de bain et inquiète je me demande si est encore vivant.

— Euh… Oui, répond-elle.

Au ton de sa voix, j'entends qu'elle a un mal l'aise et tremble un peu.

— Tu es sûr que ça va ? dis-je.

Emmy ouvre la porte et me dit que tout va bien. Elle évite mon regard et je vois bien que quelque chose ne va pas pour elle.

— Qu'est-ce qu'il y a ? lui demandais-je

— Rien ! Ne t'inquiète pas ! me dit-elle.

Je me rappelle avoir vécu la même situation avec elle à sa première fois et en déduit très vite ce qu'elle veut me cacher.

— Je vais à la supérette, je reviens !

— Merci ! me dit-elle.

Je ne préfère pas rajouter plus de commentaires et va lui acheter ce qu'il lui faut et passe également par la pharmacie chercher des antidouleurs.

À mon retour, Emmy n'a pas bougé de la salle de bain et je toque à la porte pour lui annoncer mon retour. Elle entre-ouvre la porte et y passe seulement sa main. Je lui donne le paquet et elle la referme aussitôt.

Quelques minutes plus tard, Emmy en sort et s'installe sous la couette.

— Tiens ! Des antidouleurs, prends-en un !

— Merci ! me dit-elle.

Emmy prend la boîte et avale un des médicaments.

— Repose-toi un peu ! On ira au marché plus tard ! lui dis-je.

— D'accord !

Emmy, se rallonge et ne il ne lui a pas fallu dix minutes pour s'endormir.

Allongé sur le lit, je m'ennuie un peu. Je décide d'aller me balader un peu en laissant un mot à Emmy. Je profite du fait d'être un peu seul et une fois à l'extérieur j'installe mes écouteurs et commence ma marche.

Dehors, une brise d'air frais se fait sentir et c'est très apaisant. Je commence à regarder sur Google un restaurant spécialisé dans les sushis pour manger ce midi. Marché seule me fait le plus grand bien.

Je trouve enfin le restaurant indiqué sur Google et file à l'intérieur pour commander notre repas de midi. Je commande des sushis pour Emmy et des Makis inversés au thon pour moi, accompagner de légumes. À la sortie du restaurant je bouscule un homme par égard de ma part.

— Excusez-moi, monsieur ! dis-je, en m'inclinant.

— Ce n'est rien, me dit-il, en s'inclinant à son tour.

Monsieur, Kim ! Je fais semblant de ne pas l'avoir reconnu et je continue ma route.

— Mademoiselle Blink ? me dit monsieur Kim.

Je prends une grande inspiration et me retourne pour lui faire face.

— Oui ? dis-je.

Je prends une grande inspiration et me retourne pour lui faire face.

— Monsieur Kim ? dis-je.

— Ravi de vous revoir !

— Moi de même !

Mal à l'aise, je ne sais pas quoi rajouter de plus. Monsieur Kim regarde mon sachet et me souhaite un bon appétit. Je le remercie et m'incline. Monsieur Kim est surpris que je parle asse bien le Coréen pour une étrangère et lui fait remarquer que j'ai étudié deux ans sans relâche, en plus de mon travail. Il me félicite de ne pas avoir abandonnée et d'en être arrivé un degré de langue compréhensible malgré mes quelques erreurs de prononciation.

— Je vous remercie !

— Ne soyez pas gêné en ma compagnie, j'ai apprécié l'échange que nous avions eu et votre franchise !

— Ah ! Merci ! lui dis-je.

Monsieur Kim se frotte un instant le menton, puis me regarde.

— Vous êtes libre ce soir ?

— Euh… Je ne sais pas, pourquoi ?

Il m'explique qu'il a une réunion avec le groupe en fin d'après-midi et qu'il nous invite à dîner avec les garçons.

— Je dois voir avec ma sœur. Emmy n'est pas en grande forme aujourd'hui.

— Oh ! Rien de grave ?

— Non, ne vous inquiétez pas !

Monsieur Kim sort son portefeuille et y retire une carte de visite. Il s'inquiète de l'état de santé d'Emmy et me dit que si elle se sent mieux nous devons appeler ce numéro et dire si l'on est disponible ou pas.

— D'accord, merci monsieur Kim !

— Très bonne journée, mademoiselle Blink ! me dit-il.

Monsieur Kim s'incline et disparaît pour continuer son chemin.

Je regarde un instant la carte de visite et y vois le logo du label avec le numéro indiqué par monsieur Kim.

Une fois rentrée à l'hôtel, la rencontre avec monsieur Kim ne m'a pas quitté une seule minute sur le trajet du retour. Emmy est réveillée et me semble aller un peu mieux que tout à l'heure. Je lui explique ce qu'il s'est passé durant ma balade.

— On va y aller ! me dit-elle.

— Tu n'es pas en forme ! lui dis-je.

— Avec les antidouleurs, ça ce calme ! me dit-elle, pour me rassurer.

Je souhaite plus que tout y aller mais pas au détriment de la santé de ma sœur.

— Tu as ramené quoi de bon à manger ? me dit-elle.

— Sushis et Makis inversés, ça te va ?

— Très bien !

Mettant les plateaux à plat sur le lit, Emmy se sert et mange bien plus que moi. Je n'aime pas le saumon et laisse le tout à Emmy. Les Makis me suffisent très bien. J'ai oublié que je ça me remplissait rapidement l'estomac et n'arrive pas à tout manger.

Chapitre 31
Monsieur Yu, un gentil monsieur !

Après m'être bien assurée qu'Emmy allait mieux, j'ai contacté le numéro donné par monsieur Kim. La femme que j'ai eue au téléphone, m'a indiqué que monsieur Yu viendra pour dix-huit heures nous chercher devant notre l'hôtel. Je la rassure et lui dis qu'il n'est pas nécessaire de déranger monsieur Yu et que nous pouvons venir en transport en commun.

— Monsieur Kim savait que vous allez dire ça et insiste que monsieur Yu vienne vous chercher ! me répond la dame.

Je regarde Emmy et je la revois faire la star dans la voiture. Je cède donc à la proposition. Je raccroche et indique à Emmy à quelque heure nous devons être prête.

— Monsieur Yu vient nous chercher ?

— Oui, j'ai cédé pour toi !

— Oh ! Merci ! J'adore faire la star !

Le monde entier c'est qu'Emmy aime jouer la star.

Dix-huit heures, monsieur Yu est à l'heure et sur le trajet Emmy ne manque pas une seconde et refait le même cinéma que la première fois. Ce qui me fait beaucoup rire.

Depuis mon siège arrière je remercie à nouveau monsieur Yu du déplacement et son retour ne m'étonne pas.

— C'est un plaisir, madame, me dit-il.

Deux fois qu'il vient nous chercher, deux fois que je le remercie et deux fois qu'il me dit la même réponse.

— Vous parlez bien français pour un Coréen, lui dit Emmy.

— Emmy ! dis-je.

Je tape Emmy sur son bras et la regarde les yeux grands ouverts.

— Ben quoi, c'est un compliment non ?

— Bien sûr madame, je vous remercie de ce compliment, lui répond monsieur Yu.

— Vous avez appris à parler français ici, en Corée ? lui demande Emmy.

Monsieur Yu explique à Emmy avoir appris à parler le français directement en France durant ses études pour devenir professeur de français, ici en Corée. Il y est resté dix ans à Paris pour faire des études complémentaires.

Avec Emmy, on se regarde, les yeux grands ouverts :

— Woua, dit Emmy.

— Pourquoi avoir arrêté ? lui demandais-je, gêné mais curieuse.

Monsieur Yu est vraiment un homme extraordinaire. Il est arrivé en France sans savoir dire un mot et en est ressorti avec une maîtrise totale de la langue. Il nous dit, également, qu'à son retour il a vite trouvé du travail dans une université. Malheureusement par manque de budget, l'université a dû se séparer de plusieurs professeurs et monsieur Yu en faisait partie. Il s'est retrouvé au chômage durant deux ans. Malgré plusieurs entretiens, sa candidature n'a jamais été retenue. Il a fait des petits boulots pour pouvoir se nourrir et payer son logement. À l'époque il cherchait désespérément un travail pour continuer à parler français et c'est à ce moment-là qu'il a vu une annonce pour être traducteur auprès d'un groupe. Il a postulé et il a été retenu immédiatement. Dans son contrat il est chauffeur et traducteur. Ce qui lui convient très bien. C'est là que monsieur Yu nous dit qu'il parle cinq langues.

— Cinq langues ! dit Emmy.

— Tout à fait, madame. Je parle le coréen, le français, le chinois, le japonais et l'anglais.

— C'est admirable votre réussite ! lui dis-je.

— Merci madame.

Je vois que monsieur Yu est gêné de mon compliment mais qu'il est à la fois content qu'une personne le félicite pour ses réussites. Monsieur Yu n'a pas de famille. La réussite de ses études, c'est tout ce qu'il a et il ne peut qu'en être fier.

Monsieur Yu nous indique que l'on déjà arrivé et nous fait sortir de la voiture. Monsieur Yu nous donne nos badges. À l'intérieur, la même dame que l'autre jour nous accueille et nous demande nos badges. Les contrôles effectués, je fais signe à monsieur Yu et le remercie du regard. Il s'incline, comme ci il avait compris et nous disparaissons dans l'ascenseur.

Une fois à l'étage, la dame nous demande de la suivre. Elle nous installe dans une salle de réunion vide et nous demande de patienter.

— On va les attendre longtemps, tu penses ? me demande Emmy.

— Je ne peux pas te répondre, la dame nous a demandé de patienter.

— Ah ! D'accord ! me répond Emmy.

Je ne sais pas ce que sera leur réaction. Emmy a choisi, une fois de plus, ma tenue. Pantalon classique beige, une chemise noire, ma longue veste à rayures noires et blanches – je ne trouvais pas nécessaire d'en faire autant mais elle a fortement insisté pour que je sois bien habillée et ma paire de converses noires.

Chapitre 32
Dîner avec les garçons

J'entends la voix des garçons. Assise sur l'un des sièges, je serre le bras et ma main en devient tellement rouge qu'Emmy me la prend. Elle me sourit, comme pour me dire que tout va bien se passer. L'entendre rire à travers les murs de la salle me fait sourire. Puis s'en que je m'y attende, derrière mon stress, ce sentiment inconnu s'installe à nouveau, en moi. Je ne sais pas ce qu'il représente mais c'est un bon sentiment. Voyant leurs silhouettes passer devant les vitres floutées et continuer leur route sans s'arrêter, je me demande bien ce qu'il peut se passer. Emmy me regarde et je lève uniquement mes épaules.

Monsieur Kim apparaît dans la pièce.

— Mes dames !

— Bonjour, lui répond Emmy.

— Votre sœur se porte mieux ? me demande-t-il.

— Oui, beaucoup mieux ! lui dis-je.

Monsieur Kim me dit qu'il n'a tenu au courant aucun des garçons et de se fait de le suivre en silence. Nous suivons monsieur Kim dans le couloir et il se stoppe devant une autre salle. Il ouvre la porte et mon cœur s'accélère. Je croise le regard d'Emmy et mon stress doit être affiché sur mon visage car Emmy attrape une fois de plus ma main, pour me rassurer à nouveau. Monsieur Kim rentre le premier et demande l'attention des garçons. Monsieur Kim nous fait signe et je fais rentrer Emmy en première. Rentré dans la pièce, je soulève ma tête. Sous le choc, il manque de tomber en se levant de son siège, ce qui fait rire tout le monde. Sauf moi ! Tellement stresser, je n'arrive pas à rigoler. Choi Du-Joon s'avance vers nous et affiche un sourire joyeux.

— Oh ! Quelle surprise ! dit Choi Du-Joon.

— Bonjour, dis-je, gêné.

Je sens son regard posé sur moi, je n'ose pas le regarder. Monsieur Kim explique aux garçons qu'il m'a croisée ce matin en sortant d'un rendez-vous et qu'il m'a proposé de manger avec le groupe ce soir. Et ravi que nous eussions accepté.

— Soyez gentil avec elle, les garçons, dit monsieur Kim.

— Allez vous installer, dit monsieur Kim, proposant deux sièges.

— Merci, dis-je, en m'asseyant.

Je sens mon téléphone vibré, je regarde l'écran et vois un message d'Emmy.

Emmy

Il a tellement été surpris de te voir, qu'il en a failli perdre l'équilibre ! MDR ! Quand je te disais que tu lui plais !

Je regarde Emmy, les yeux grands ouverts. Mon action ne passe pas inaperçue.

— Vous parlez par texto alors que vous êtes dans la même pièce ! dit Choi Du-Joon.

Je suis tellement gêné que je ne sais pas quoi lui répondre.

— Vous êtes rigolote toutes les deux ! rajout-il.

Je fais signe au groupe et me retourne vers Emmy.

— Ça arrive d'être surpris par quelque chose ! Ça ne veut pas dire que je lui plais !

— Regarde juste comment il te regarde, tu comprendras mieux ! me dit-elle.

Je tourne ma tête pour regarder le groupe et mon regard se plonge dans le sien. Rien qu'avoir son regard plongé dans le mien fait battre mon cœur. Je sens mon sang monter dans mes joues.

Environ quarante minutes plus tard, l'ambiance et plus détendu. Il a fallu quelques parties de Uno pour détendre tout le monde et surtout moi. Chose qui n'a pas déplu à Emmy, elle n'a pas besoin de comprendre quoi que ce soit. Choi Du-Joon distribue les cartes et j'ai un très bon jeu. Je gagne la première et Pak Jung-Hwa râle.

— J'avais oublié que tu étais mauvais joueur ! dis-je à Pak Jung-Hwa.

— Attention, elle en sait beaucoup sur nous ! dit Choi Du-Joon.

Le voir râler en direct, et non derrière un écran, me fait beaucoup plus rire. La cinquième partie devient interminable, Emmy et Choi Du-Joon ont déjà gagné et on abandonne la partie parce que monsieur Kim apparaît dans la pièce les bras chargés de plats commandés. Les garçons dispatchent le tout sur la table et nous commençons à manger.

Durant le repas, Emmy me regarde manger avec les baguettes et essaie à son tour de manger avec mais sans succès.

— C'est facile pourtant. Tiens, regarde ! lui dis-je.

Emmy essaie de nouveau mais abandonne et prend ses sushis avec ses doigts directement. La scène qui vient de se passer fait énormément rigoler les garçons.

— Pourquoi ils rigolent ?

— Je pense que c'est nous deux qui les faisons rigoler.

— Vous êtes vraiment drôle quand vous vous y mettez, me dit Yoon Dae-Hyun.

Malgré la scène qui les a fait rire les garçons sont surpris que je manipule très bien la baguette pour manger.

— Tu manipules très bien la baguette ! me dit Yoon Dae-Hyun.

— Hum… dis-je.

Je termine ma bouche aussi rapidement que possible, pour ne pas parler la bouche pleine et le remercie du compliment. Mais attends !

— Vous m'avez tutoyé ou je me trompe ? demandais-je à Yoon Dae-Hyun.

— Exacte ! me répond-il, en me souriant.

— Tu peux nous tutoyer aussi ! dit Pak Jung-Hwa.

Je suis mal à l'aise de pouvoir les tutoyer.

— Moi, ça ne me dérange pas, dit Choi Du-Joon, en continuant de manger.

Je regarde Yoon Dae-Hyun, un petit instant.

— Yoon Dae-Hyun, je peux t'avouer un truc ? dis-je mal à l'aise.

Surpris, tout le monde tourne sa tête dans sa direction, attendant sa réponse.

— Euh… Oui ! dit-il, mal à l'aise.

— J'adore t'entendre rapper ! Pour moi c'est comme une poésie ! lui dis-je.

Je sais qu'il n'est pas habitué aux compliments mais je me suis dit que si ça venait d'une fan, il aimerait peut-être l'entendre. Il se frotte l'arrière de son crâne et gêné il me remercie.

Après le repas, les garçons nous proposent de nous faire visiter les locaux complets du label. Je reste attentif à tout ce que je vois et demande si je peux prendre quelques photos, que je garderais pour moi, et ils acceptent. Durant la visite, je vois qu'Emmy et Choi Du-Joon discutaient via le traducteur, installé sur le téléphone d'Emmy. Ils ont l'air de se dire beaucoup de choses rigolos vu les rires qu'ils se partagent. Emmy récupère son téléphone et étouffe un bruit derrière sa main. Choi Du-Joon me regarde et me sourit. Je m'avance vers Emmy lui demande ce qu'il a bien pu dire pour qu'elle ait une réaction aussi surprise. Elle me fixe, sa main toujours sur sa bouche et me dit non de la tête. Je regarde Choi Du-Joon et il tourne sa tête pour ne pas me regarder. Pak Jung-Hwa et Yoon Dae-Hyun nous regardent et à leurs traits de visage ils se demandent ce que Choi Du-Joon a bien pu dire. Je demande à nouveau ce qu'il a bien pu lui dire et Emmy me tend son portable. Choi Du-Joon me le prend des mains avant que j'aie pu lire un mot et je le regarde surprise de son action et range le portable dans sa poche.

— Donne-moi ce portable ! lui dis-je.

— Non ! Tu ne peux pas lire ce que j'ai écrit !

La colère monte en moi et je lui exige, ce qui ne me ressemble pas, de me donner le portable d'Emmy pour que je puisse lire ce qu'il lui a écrit.

— Emmy n'a pas eu cette réaction sans raison ! Je veux savoir !

Choi Du-Joon le regarde et j'en conclus que c'est en rapport avec lui. Il le regarde droit dans les yeux, mal à l'aise.

— Excuse-moi ! lui dit-il.

Pourquoi il s'excuse ? De quoi doit-il se faire pardonner ? Choi Du-Joon sort le portable de sa poche le donne à Emmy.

Elle déverrouille son écran et me le donne en tremblant de la main.

Je regarde l'écran et commence à lire la partie traduite. Mes yeux s'agrandissent tout seuls, et je sens mon visage viré au rouge.

Il ne nous l'a pas dit clairement, mais je pense que ta sœur lui plaît plus qu'on ne peut le croire !

Non ! Je ne peux vraiment pas !

— Ils sont où vos toilettes ? demandais-je.

— Au fond du couloir, accompagne là Pak Jung-Hwa, dit Yoon Dae-Hyun

— Non, je vais savoir trouver toute seule ! Merci, dis-je.

Gêné, je me précipite dans le couloir en direction des toilettes. Je m'enferme à l'intérieur derrière moi. J'entends Emmy crier après moi. Je m'installe devant un des lavabos, je me badigeons le visage d'eaux, pour m'éclaircir les idées. « Je pense que ta sœur lui plaît », voici les mots de Choi Du-Joon. Emmy apparaît dans le miroir, l'air abattu.

— Amanda ! ça va ? me demande Emmy.

Je la regarde, au bord des larmes.

— Emmy, je ne peux pas ! lui dis-je

Emmy me gifle et ma main vient se poser sur ma propre joue. Elle me crie dessus et me dit qu'il faut que j'arrête de me renfermer sur moi-même, que même si c'est une personne connue mondialement, j'ai la chance de plaire à une personne. En parlent avec Choi Du-Joon elle a appris des facettes de sa vie que personne ne connaît.

— C'est un homme génial, qui à bon cœur qui…

— Je sais tout ça ! Je le sais, arrête s'il te plaît ! la suppliais-je.

— Toi tu penses quoi de lui ? me demande Emmy, sérieusement.

Regardant Emmy, je vois qu'elle attend une réponse de ma part.

— Tu sais très bien, ce que je pense de lui !

Emmy pose un doigt sur ma poitrine, au niveau de mon cœur et me demande ce qu'il y a comme sentiments pour lui, à l'intérieur.

— Arrête, je t'ai dit que je ne pouvais pas ! lui dis-je.

Je quitte les toilettes et je tombe nez à nez avec les trois garçons qui sont appuyés contre le mur. Croissant son regard, mes larmes coulent et je m'enfuie vers l'ascenseur. J'y rentre aussi vite que je le peux et Emmy arrive dans mon champ de vision.

— Je t'attends au parking ! lui dis-je.

Les portes se referment et j'éclate en sanglots. La douleur, dans ma poitrine, m'est insupportable. Elle me fait tant souffrir, avec le temps je pensais qu'elle avait disparu, mais je constate que je me trompais. Arrivé au parking, monsieur Yu est assis sur une chaise et je m'enfuis dans la direction opposée.

— Madame Blink ! crie-t-il.

— J'ai besoin d'un moment seul !

Accroupi dans un coin du parking, mes mains devant mon visage, je sens deux mains se poser sur mes poignets. Je sursaute de peur.

Chapitre 33
Première conversation

Je ne sais pas combien de temps je suis restée à cet endroit. Voyant ses mains sur mes poignets, il m'aide à me lever. Il s'approche de moi et me serre dans ses bras. Il enroule ses bras autour de moi et je sens sa main taper légèrement mon dos. À son contact, mes larmes coulent davantage. Après un long moment, il installe sa casquette et l'ajuste à ma taille.

— On ne verra pas que tu as pleuré comme ça ! me dit-il.

Il prend ma main et nous repartons en direction de l'ascenseur.

Arrivés à l'étage où nous étions, les portes s'ouvrent et trois paires de chaussures s'affichent devant moi. Ayant honte de moi et de mon comportement, je n'ose lever ma tête. Sa main toujours dans la mienne, il tire sur mon bras et je le suis dans ses pas.

Il ouvre une porte au fond du couloir et m'installe sur un des canapés. Derrière la casquette je vois ses jambes et le vois s'installer sur le canapé juste à côté de moi.

Malgré le sentiment de honte que je ressens, je peux que m'excuser. J'entends que l'on toque à la porte, il se lève et ouvre la porte. La referme avec son pied et me tant une tasse de café.

— Tu n'as pas à t'excuser ! finit-il, par dire.

Je lève ma tête sans réfléchir et lui dit que mon comportement envers eux n'est pas correcte. Il me sourit simplement.

— Je vais t'avouer, des moments comme ça j'en ai eu à nos débuts !

Je le regarde attentivement et me dis qu'il s'est beaucoup énervé au début du groupe, surtout lors des enregistrements. Personne ne prenait en compte ce qu'il disait et il voulait même quitter le groupe. Et après bien discuter avec toute l'équipe, les choses ont changé. Que veut-il me faire passer comme message ? Dois-je lui dire réellement ? Je ne sais pas si je pourrais !

— J'ai tellement honte ! dis-je.

— Pourquoi ? me demande-t-il.

Je regarde à nouveau ma tasse, je ne veux pas voir son regard posé sur moi aux aveux que je compte lui dire. Je prends une grande inspiration et lui dévoile qu'en voyant ce que Choi Du-Joon a écrit à ma sœur, j'ai pris peur.

— Comment ça ? demande-t-il.

Comment vais-je lui dire, ce que j'ai ressenti à ce moment-là ? Moi-même je n'ai pas la réponse à ce que j'ai pu ressentir. Je le regarde un petit moment, voyant qu'il devient impatient à mon silence.

— Je sors d'une situation qui a été très compliquée pour moi !

— Je sais ! dit-il.

— Comment tu peux savoir ? lui demandais-je.

Voyant qu'il hésite à me dire, je devine tout de suite qu'Emmy a dû lui en parler à mon départ tout à l'heure.

— C'est Emmy ?

— Hum, me dit-il, faisant oui de la tête.

Je n'ai aucune colère contre Emmy. Je suppose qu'il a dû se poser des millions de questions à la suite de mon comportement.

Il me dit qu'il ne sait pas ce qui est arrivé dans mon passé mais Emmy lui a fait lire le message traduit.

— Je sais ce que Choi Du-Joon a écrit et il n'a pas tort ! finit-il par dire.

Choi Du-Joon n'a pas tort, donc Emmy non plus. Il y a que moi qui n'est rien vu ? Ou est-ce moi qui n'ai rien voulu voir par peur ? Le fixant du regard, il rit de gêne et je le suis dans son rire. Il se lève et me dit qu'il va aller chercher ma sœur.

— Pak Jung-Hwa !

— Oui ?

— Merci !

Il me fait signe de la tête et quitte la pièce. Emmy passe sa tête et ouvre la porte en grand pour venir me serrer dans ses bras.

— Ça va mieux ? me demande-t-elle.

— Un peu, maintenant que tu es là ! lui dis-je.

S'écartant de moi, Emmy m'observe et je m'installe à nouveau sur le canapé. Emmy me dit qu'il y en a deux qui s'inquiète pour moi dans le couloir.

— Tu leur as dit quoi exactement ?

Elle me regarde et me dit quand les portes de l'ascenseur se sont refermées, Choi Du-Joon a regretté d'avoir trop parlé. Il s'est aussi demandé s'il avait dit quelque chose de mal. Emmy l'a rassuré en lui disant que non. Elle a parlé brièvement avec Pak Jung-Hwa, seule dans le bureau. Elle lui a dit que je sortais d'une situation très compliquée et m'ouvrir aux autres m'est très difficile.

— Par compte, j'ai été directe avec lui !

— Comment ça ?

Emmy me regarde. À son regard, je peux deviner qu'elle se demande si elle doit me dire ou pas l'échange qu'elle a eu avec Pak Jung-Hwa.

— Je lui ai dit que si c'était vrai ce que son ami m'a dit, il devrait être patient avec toi.

— Et lui a répondu quoi ?

Emmy me dit qu'il n'a rien répondu et qu'il a quitté le bureau en courant pour me rejoindre.

— Tu dois vraiment lui plaire pour qu'il agisse comme ça ! me dit-elle.

Il a couru après moi ! Personne n'avait couru après moi jusqu'à maintenant. Emmy me prend dans ses bras puis j'entends que l'on toque à la porte.

— Oui ! crie Emmy.

Voyant trois têtes dépasser, Emmy leur fait signe de rentrer.

— Ça va mieux ? me demande Choi Du-Joon.

— Oui, merci ! lui répondais-je.

— On ne veut entendre aucune excuse venant de toi ! me dit-il.

— D'accord, je ne le ferais pas même si je pense le contraire ! lui dis-je, en souriant.

Tournant mon regard vers le sien, mon sourire se prolonge. Le voir sourire à mon regard, me fait prendre conscience qu'à aucun moment il ne m'a jugé mais qu'il m'a soutenue à sa ma façon.

— Nous allons, y aller ! Il se fait déjà tard ! leur dis-je.

— Je comprends, tu as besoin de te reposer, dit Choi Du-Joon

— Vous avez prévu quoi demain ? me demande Pak Jung-Hwa.

Je prends le temps d'y réfléchir et c'est vrai que pour demain nous n'avons pas encore prévu notre programme. Pak Jung-Hwa propose d'aller à Gangneung.

— Quoi ? Choi Du-Joon.

— On n'a rien de prévu pour le reste de la semaine, on peut vous y accompagner ! dit Pak Jung-Hwa.

— Euh... Tous les trois ? dis-je, les montrant du doigt.

Je répète à Emmy la proposition de Pak Jung-Hwa et l'idée l'emballe complètement.

— Emmy est d'accord, dis-je aux garçons.

— Et toi ? me demande Pak Jung-Hwa.

Je le regarde et lui réponds « oui » de la tête.

— Elle a dit oui à notre Pak Jung-Hwa. Que c'est mignon ! dit Choi Du-Joon.

— Arrête, répond-il à Choi Do-Joon.

Emmy me demande de traduit et s'y mettant aussi, la gêne s'installe.

Rentrée à l'hôtel, je m'allonge dans le lit et m'endors en repensant à ces paroles : « Je sais ce que Choi Du-Joon a écrit, et il n'a pas tort ! »

Chapitre 34
Gangneung

Arrivé sur le bord de la plage, j'y retire immédiatement mes chaussures et y plonge mes pieds sans aucune hésitation.

— Tu ne perds pas de temps, me fait constater Choi Du-Joon.

— Pourquoi perdre du temps quand on aime ! dis-je, sans mesurer mes paroles.

— Tu as entendu Pak Jung-Hwa ! crie Choi Du-Joon.

Pak Jung-Hwa le pousse et lui demande de se taire. J'essaie de trouver une solution pour changer de sujet et j'éclabousse Emmy par erreur. Elle râle comme à son habitude. Je lui fais remarquer que ce n'est que de l'eau.

— Viens, je vais y mettre ta tête et tu me diras si ça n'est que de l'eau ! dit-elle.

— Non, ça ira merci !

Je me retourne et les garçons nous regardent nous chamailler avec le sourire. Puis j'affiche un sourire malicieux et les regarde, hésitante à ma bêtise.

— Elle a une idée derrière la tête ! Ça ne sent pas bon ! dit Pak Jung-Hwa.

Je commence à les éclabousser, à leur tour, ils se mettent à me courir après. Je jette mes chaussures dans les mains d'Emmy

133

et continue ma route sans m'arrêter. Choi Du-Joon me rattrape à une vitesse folle et ne me laisse aucune chance.

— Non ! S'il te plaît, pas à l'eau, dis-je, le suppliant.

— Tu l'as cherché !

Il jette à l'eau et les autres garçons m'éclaboussent de plus belle. Je vois Emmy rigoler à pleines dents. Voyant ma sœur rigoler de la sorte, ça me rend heureuse.

— Je vais devoir me changer maintenant ! leur dis-je.

Je fil dans la voiture me changer, caché à la vue des passants. Heureusement que j'ai prévu des vêtements de rechange.

En compagnie de Yoon Dae-Hyun et Pak Jung-Hwa, j'aperçois Emmy s'asseoir dans le sable. Son visage est calme et serein.

— Je reviens ! leur dis-je.

— Hum, d'accord ! me répond Pak Jung-Hwa.

Je m'avance vers ma sœur, souriante, ce qu'elle me retourne.

— Que fais-tu toute seule ?

— Je voulais admirer la vue ! me répond-elle.

Je m'installe derrière elle, je me plaque contre et passe mes bras autour de son cou. Ses mains se posent sur mon bras et je la serre, sans l'étouffer.

— Je suis heureuse d'avoir accepté de venir.

— Je heureuse que tu sois là, je ne voulais faire ce voyage avec personne d'autre ! lui dis-je.

— Je sais ! Alec m'a tout dit ! me dit-elle, en souriant.

Emmy regarde toujours l'horizon et me dévoile un aveu. Elle a toujours su pour le voyage mais elle voulait que je lui demande moi-même. Ce qui m'a pris six mois pour le lui demander.

— Comment as-tu su ?

— Maman ! Elle m'a tout dit !

Notre mère ! Comment je ferais sans elle ? Mais bon j'aurais aimé que ce soit une surprise. Emmy rigole et je le suis dans son rire.

— Tu m'as manqué ! lui avouais-je.

— Amanda Blink dévoile un sentiment !

— Profite, tu en auras pas d'autre ! lui dis-je pour la taquiner.

Emmy pointe son doigt en direction de Pak Jung-Hwa et me dit d'aller lui en faire aussi.

— Un jour peut-être !

Emmy, tourne légèrement sa tête vers moi :

— Donc, tu l'aimes bien ?

— Hum ! On ne s'est vus que quelquefois mais il me plaît bien ! dis-je.

— Je le savais ! me dit-elle.

Je dois dire que depuis que je traîne avec le groupe, j'ai vu des facettes de Pak Jung-Hwa que personne n'a vue jusqu'ici. Ce qui a dû me faire tomber amoureuse de lui. Mais la situation me reste compliquer.

Nous continuons de parler et au loin on aperçoit les garçons.

— Mais ils font quoi ? me demande Emmy.

— Je ne peux pas te le dire. Ils s'amusent c'est le principal.

Emmy me fait remarquer une chose que je lui ai dite sur Yoon Dae-Hyun, concernant le fait qu'il est réservé. Mais il doit tellement bien s'amuser qu'il en oublie ce point faible.

— Allez, on va aller voir ce qu'il se passe un peu là-bas !

Les garçons ont choisi un endroit caché à la vue de tous pour profiter un peu de tranquillité. Ils sont même apportés le repas de midi. Emmy a un peu discuté avec Yoon Dae-Hyun. Je me demande bien leur sujet de conversation pour qu'il réponde et qu'ils en rigolent tous les deux. Je n'avais pas encore vu Yoon Dae-Hyun rigoler autant en notre compagnie.

Durant l'après-midi nous avons joué à des jeux de plage et avons profité un peu du beau temps.

Pak Jung-Hwa est vraiment très mauvais perdant. Il n'a fait que râler à chaque manche perdu.

Assise entre Emmy et Pak Jung-Hwa, sur le trajet du retour, je me suis endormie. À mon réveil, je remarque que ma tête est posée sur l'épaule de Pak Jung-Hwa. Je le regarde, mal à l'aise, et m'excuse.

— Pas de mal ! Je n'ai pas dormi ! me dit-il.

Mes yeux s'agrandissent et je sens mon sang monté dans mes joues. Il n'est pas censé être un garçon timide ? Je remercie les garçons et leur dis au revoir. Je quitte la voiture et me retourne pour leur faire signe de la main.

— Alors, ça fait quoi de dormir sur son prince charmant ? me demande Emmy, en rigolant.

— Toi ! Je vais te tuer ! Viens ici, lui dis-je, lui courant après.

Nous rentrons dans la chambre et je pose nos affaires à l'entrée. Épuisée par cette magnifique journée, je m'affale sur le lit. Emmy n'a pas attendu une seconde pour aller se doucher et se débarrasser de l'odeur de la mer. J'attends mon tour sur les dernières paroles qu'il m'a dites avant que je quitte la voiture « Je n'ai pas dormi ». Je secoue tête pour me ressaisir et Emmy sort de la salle de bain. Je file prendre ma douche et pars directement me coucher. Demain, une grosse journée nous attend.

Chapitre 35
La muraille de Corée – 1
Ma cheville – 0 !

La muraille de Corée, j'ai choisi le secteur de Baegak. Il y a un peu moins de cinq kilomètres. Si on part à pied, il nous faudra environ quinze minutes pour arriver puis environ trois heures pour descendre la muraille. Quatre heures avec des pauses. Une bonne randonnée nous attend. Je n'ai pas encore annoncé à Emmy le parcourt qui nous attends.

Sur le trajet, on décide de s'arrêter dans une supérette. On prend de quoi boire et de quoi manger, au cas ou si l'envie y est.

Arrivé en bas du parcours de la Muraille, Emmy observe le chemin, tourne sa tête vers moi. Elle demande combien de kilomètres nous attendent et je n'ose pas lui dire. Emmy insiste pour savoir et je lui avoue qu'environ cinq kilomètres nous attendent.

— Pardon ? Tu peux répéter ? dit-elle, penchant sa tête vers moi.

— Il y a un peu moins de cinq kilomètres ! répétais-je.

— C'est que maintenant que tu me le dis ! dit-elle.

Je la regarde et lui souris tout en me frotte les mains.

— On a de l'eau, une trousse de secours, nos téléphones, autant y aller, dit-elle.

Une heure de marche, ma cheville commence à faire des siennes. Je ne sais pas si elle va savoir tenir jusqu'à la fin. Vaut mieux ne rien dire à Emmy pour qu'elle ne s'inquiète pas. Quand nous serons rentrées, je me mettrais de la crème et un bandage. Je trouve excuse d'avoir soif et demande à m'arrêter. Nous reprenons la route et constate que ma cheville ne me fait plus mal. Je pense qu'elle avait besoin d'une petite pause.

Emmy prend un maximum de photos et souhaite en prendre de nous. Elle me demande d'en prendre quelqu'une de moi seule et à sa surprise j'accepte. Elle me mitraille de photos et lui courant après pour récupérer l'appareil.

— Donne-le, je vais en prendre de toi aussi ! lui dis-je.

— Menteuse, tu veux plus que je te prenne en photo !

— Je te promets que je te le rendrais après, lui dis-je.

Emmy me le donne, à contrecœur, et je la prends en photo en train de faire la moue.

— Non ! Pas avec cette tête ! me dit-elle.

— Il faut la garder ! Tu ne l'effaces pas, hein ! lui dis-je.

— Promis, si tu me rends l'appareil après !

Je profite de prendre des photos du paysage de mon point de vue et quelques-unes d'Emmy en secret. Je lui rends l'appareil comme promis. Emmy a le don de prendre de très belles photos.

Je regarde un peu le plan pour savoir où nous nous situons exactement et je constate que nous sommes à environ un kilomètre de la fin. Mais ma cheville en décide autrement et me fait atrocement mal. Je stoppe la marche et m'arrête sur le muret en pierre.

— Emmy, attends !

Emmy se retourne et me rejoint. Elle voit que je sors la trousse de secours !

— Tu t'es blessé ? me demande-t-elle inquiète.

— Rien de grave, dis-je.

Je retire ma chaussure et Emmy fait de gros yeux en voyant ma cheville gonflée et rouge. Emmy s'agenouille et m'aide à mettre le bandage. Plusieurs passants se sont arrêtés par inquiétude et je les ai rassurés disant que tout aller bien. Emmy continue d'appliquer la crème sur la zone gonflée et installe la bande proprement.

— Tu sais que tu ne peux pas marcher beaucoup et tu viens faire une randonnée !

— Je sais ! Mais je l'aurais regretté si je n'étais pas venue ici !

Emmy ne me répond pas. Elle lace ma chaussure faisant attention à me pas trop serrer puis m'aide à me relever.

— Si tu as besoin, appuie toit sur moi !

— Ça devrait aller !

Je profite d'être à l'arrêt pour manger un peu et boire. Sans m'en rendre compte, j'ai tellement soif que j'en vide entièrement la petite bouteille. Emmy me regarde choquer.

— Tu avais vraiment soif !

— Je ne te le fais pas dire ! lui dis-je, en rigolant.

La petite pause finie, on reprend la route mais plus doucement. Arrivé en bas, je m'assieds d'urgence sur le banc qui se trouve juste devant moi.

— On va appeler un taxi, ma cheville ne peut plus avancer !

Emmy me tape le bras et me crie dessus parce que je ne me suis pas appuyé sur elle.

— Aïe ! Tu m'as fait mal.

— Tu l'as mérité ! Je vais appeler un taxi ! dit-elle.

Emmy se rapproche du bord de la route et arrive à avoir le premier taxi.

L'arrivée à l'hôtel ne se fait pas discrète. Emmy m'aide à sortir de la voiture et, une fois dans le hall l'hôtesse d'accueil, court vers moi, paniqué.

— Madame Blink, qu'avez-vous ? me dit-elle.

— Ça va aller ! lui dis-je.

— Seok-Ju, va chercher le siège roulant !

Je lui dis que cela n'est pas nécessaire mais elle insiste. Je laisse l'hôtesse m'installer dans le siège apporté par son collègue et la laisse me monter dans ma chambre.

— Je vais faire monter le médecin dans votre chambre pour qu'il examine votre cheville, madame Blink ! me dit-elle.

— Ne vous inquiétez pas ! Je vais bien !

L'hôtesse d'accueil insiste encore une fois et devant son inquiétude je ne peux refuser plus longtemps.

L'hôtesse quitte la chambre et environ cinq minutes plus tard, nous entendons toquer à la porte. Emmy va ouvrir. Voyant un homme apparaître dans la chambre, il s'incline et me sourit. Je saisis vite que c'est le médecin de l'hôtel.

— Bonjour, madame Blink !

— Bonjour Docteur ! dis-je.

— Voyons voir un peu tout ça ! me dit-il.

Il examine ma cheville aussi délicatement que possible et me sourit à nouveau. Je lui explique que je sais ce qu'à ma cheville et qu'il n'était pas nécessaire de sa venue. Mal à l'aise, je lui retourne son sourire par simple politesse.

— Vous êtes fragile des chevilles ?

— Oui !

Le médecin me regarde avec insistance et n'arrête pas de me sourire. Ce qui me gêne beaucoup et chose qui n'a pas échappé à Emmy. Le médecin m'explique que j'ai trop fatigué ma cheville et que je devrais la laisser au repos jusqu'à demain soir maximum, puis aller doucement sur la marche.

— QUOI ! Non, ce n'est pas possible ! J'ai encore trop de choses à visiter ! dis-je, affolé.

— Je comprends, mais votre cheville risque de vous lâcher si vous continuez !

Je laisse tomber ma tête en arrière et un soupire s'empare de moi. Je sais très bien ce que ça va impliquer si je force sur ma cheville. Je finirais emplâtrer. Je relève la tête et je regarde le médecin, désespérée.

— D'accord ! Je vais rester au repos ! lui dis-je.

— Bonne initiative ! Je vais vous prescrire de la crème et des antidouleurs.

— Merci, je vous dois quelque chose ? lui demandais-je.

— Si vous me promettez de bien rester au repos, non ! me répond-il.

Gêné, je ne lui retourne aucune réponse. Pendant que le médecin fait sa prescription, Emmy me regarde avec un grand sourire et fait un cœur avec ses mains. La regardant avec de grands yeux, le médecin me regarde à nouveau et me tend la prescription.

— Merci, docteur ! lui dis-je.

— Je vous laisse vous reposer et vous souhaite une bonne fin d'après-midi, dit-il en s'inclinant.

Emmy raccompagne le docteur à la porte et revient à toute allure dans la chambre et saute sur le lit à mes côtés.

— C'est moi ou lui aussi a craqué sur toi ? me dit-elle.

— Tu vas arrêter de croire que je plais à tout le monde.

Chaque personne gentille avec moi doit être forcément tombée sous mon charme pour Emmy. Comme l'homme de la supérette.

— En tout cas il y en a un à qui ça ne va pas plaire ! me dit-elle.

— Ah bon ? Qui ? dis-je, tournant ma tête.

— Ton beau Jung-Hwa !

— Tais-toi ! lui dis-je, mettant mon index devant sa bouche.

Chapitre 36
La peur de ma vie !

Après qu'Emmy soit allée chercher les médicaments prescrits par le médecin de l'hôtel, je me suis endormie. Me réveillant, il fait déjà nuit et ne voyant pas Emmy je l'appelle dans toute la chambre mais j'ai le droit qu'au silence.

— Emmy, ce n'est pas drôle tu es où ? criais-je.

Toujours rien ! Prenant mon portable, j'essaie de l'appeler et j'entends le bureau vibré. Me levant je vois son portable et aucun mot pour me dire où elle se trouve. La panique et la peur montent en moi en une fraction de seconde. Enfilant mes chaussures, j'en oublie que j'ai mal à ma cheville et mettant ma chaussure la douleur se fait sentir.

— Ah oui ! J'avais oublié ! me dis-je.

Fermant la porte, j'ai du mal à marcher jusqu'à l'ascenseur. L'ascenseur met un temps fou à arriver. Mon corps tremble de partout et je peux entendre les battements de mon cœur dans mes oreilles. Enfin arrivé à mon étage, les portes s'ouvrent et j'y monte aussi vite que possible. Appuyant avec insistance sur le bouton du hall, je regarde mes mains tremblées.

Arrivé dans le hall, je passe devant l'accueil et la dame de l'accueil me court après :

— Madame Blink ! Que faites-vous ?

— Ma sœur, elle n'est plus dans la chambre ! Vous l'auriez vue passer ?

— Non, je suis désolé ! Mais remontez dans votre chambre !

Je me retourne et commence à vouloir quitter le hall mais ma tête en a décidé autrement et le décor commence à tourner. Sûrement dû à l'angoisse que je ressens.

— Madame Blink, vous allez bien ?

— Faut que je retrouve ma sœur ! lui dis-je.

— Amanda ! dit une voix dans mon dos.

Je me retourne et aperçois Emmy, debout et figée sur place. Je commence à courir vers elle aussi vite que je le peux et la serre contre moi. Emmy reste figée et ne comprend pas ce qu'il se passe. Emmy s'écarte de moi, je l'attrape par les bras.

— Tu étais où, bordel ? Tu n'as pris ni ton portable ni laissé de mot ! J'ai eu la peur de ma vie ! lui dis-je, frustrée.

— Euh… Tu dormais alors je suis allée nous chercher à manger ! dit-elle, montrant le sachet.

— Ne me fais plus jamais un coup pareil ! Compris ? lui dis-je.

Emmy s'excuse et me promet de ne plus partir sans rien me dire ou sans me laisser de mot. Je la serre à nouveau dans mes bras.

— Arrête, tout le monde nous regarde !

— Je m'en fous ! lui dis-je toujours dans ses bras.

— Regarde qui j'ai croisé en sortant.

Emmy m'écarte et affiche un sourire. Avoir craint pour ma sœur, en me retournant, je n'avais pas fait attention qu'elle était accompagnée. Je tourne ma tête pour faire face à cette personne, habillé tout en noir mais ses yeux ne me tromperont jamais !

— Que fais-tu ici ? lui dis-je.

— Je suis venu vous inviter à manger, me dit-il.

— AH !

— Madame Blink ? dit une voix dans mon dos.

Je me retourne et le médecin de l'hôtel s'avance vers moi avec un sourire joyeux.

— Non, pas lui ! dis-je.

— C'est parti ! dit Emmy dans mon oreille.

— Chut !

Je sens le regard de Pak Jung-Hwa dans mon dos, le mal l'aise s'installe. Je ne sais pas si c'est mon imagination ou bien si c'est réel mais je ressens également de la jalousie venant de Pak Jung-Hwa.

— Je ne vous ai pas dit de rester au repos ? me dit-il.

— Euh… C'est compliqué à expliquer, dis-je mal à l'aise.

— Venez, je vais vous aider à remonter dans votre chambre ! dit-il.

Le médecin commence à s'abaisser et une main vient se poser sur son bras. Je lève ma tête, ne comprenant pas la scène et je vois Pak Jung-Hwa lui bloquer la route.

— Je m'en occupe, dit Pak Jung-Hwa, d'un ton dur.

Un échange de regards se fait entre les deux hommes, ce qui me met très mal à l'aise. En une fraction de seconde, je me retrouve dans les bras de Pak Jung-Hwa. Je le regarde, et ses yeux n'ont pas quitté le médecin.

— Je vois ! Je vous souhaite une bonne soirée, dit le médecin.

Le médecin s'incline et quitte l'hôtel. Pak Jung-Hwa prend la direction de l'ascenseur et fait signe à Emmy d'appuyer sur le bouton. Emmy s'exécute et les portes s'ouvrent. À son regard et d'avoir mes bras autour de son cou, je sens de la tension dans ses épaules. La frustration se fait également sentir et je baisse la tête.

Rentrée dans la chambre, il m'installe sur le lit et place correctement l'oreiller pour surélever ma cheville. La sentant gonflée, la douleur revient.

— Emmy, donne-moi les antidouleurs.

— Tu n'as pas déjà pris ?

— Si, mais j'ai mal !

— Un surdosage n'est pas bon, tu en as pris il y a combien de temps ? me demande Pak Jung-Hwa.

Je le regarde agacé par la douleur et je lui dis que j'ai mal. Emmy me tend le flacon et Pak Jung-Hwa le lui prend des mains avant même qu'elle n'arrive à ma hauteur et il repose le flacon sur le bureau.

— Non ! Tu n'en prendras pas, dit-il.

— Il n'est pas content ! me dit Emmy.

Pak Jung-Hwa me regarde avec insistance :

— Tu m'expliques ce qu'il t'est arrivé ! me dit-il.

Je le regarde agacé par son comportement et son regard se durcit. Je ne comprends pas ce qu'il lui arrive. Sans que j'aie eu le temps de répondre, Emmy lui tend son portable. Je regarde Emmy et je lui demande du regard ce qu'elle lui a dit. Elle me montre, à l'aide de sa tête, ma cheville. Pak Jung-Hwa me regarde à nouveau et attend une réponse. Je lui explique la situation. Retirant sa capuche, il me reproche de ne pas prendre plus soin de moi.

— C'est un reproche ?

— Prends-le comme tu veux ! me dit-il.

— Bon ! Temps mort ! J'ai faim. Dis-lui merci, c'est lui qui nous offre le repas !

Je regarde à nouveau Pak Jung-Hwa et le remercie, froidement, pour le repas.

— Il n'y a pas de quoi ! dit-il.

— Il lui arrive quoi à ton mec ?

— Ce n'est pas mon mec déjà et je ne sais pas, demande-lui si tu veux savoir !

Je ne comprends rien à ce qu'il se passe mais son attitude envers moi ce soir me déplaît. Je n'ai rien fait mise à part craindre pour ma sœur. Puis la scène dans le hall me revient. Serait-il jaloux du médecin ? Il n'a voulu qu'être gentil, je ne vois pas où est le mal. Si j'y réfléchis bien, Pak Jung-Hwa me souriait jusqu'à l'arrivée du médecin. Lui ai-je vraiment plus au médecin ? Non, pas possible ! Emmy a dû se faire des idées. Pak Jung-Hwa rend le portable à Emmy et elle me met à sourire.

— Quoi ?

— Oh ! Rien ! dit-elle.

— Fais-moi voir !

— Non !

Elle range son portable dans sa poche et déballe les plats. Je prends mon plat commandé et regarde Pak Jung-Hwa. Je ne sais pas ce qu'Emmy lui a dit mais ça l'a détendue. Il sourit enfin et ses épaules sont moins raides. Merci, Emmy.

Chapitre 37
Journée clouée au lit

Pourquoi ai-je forcé sur ma cheville hier ? Maintenant je dois rester allonger toute la journée et ce n'est pas mon fort. J'espère juste que la journée passera rapidement. Voulant me lever, Emmy me regarde.

— Tu vas où ?

— Là où tu ne peux pas aller à ma place !

— Ah ! Vas-y je t'en prie ! me répond-elle.

Sacré Emmy, qui aurait pu croire qu'un jour que je me retrouverais à l'autre bout du monde avec ma sœur et qu'elle s'inquiéterait pour moi. Je sors des toilettes et mon téléphone sonne. Emmy regarde l'écran et répond.

— Bonjour maman !

Maman ! J'ai oublié de lui envoyer un message ! Elle ne doit pas être contente. Je supplie Emmy ne rien dire à notre mère pour ma cheville.

— Oui, tout se passe bien. Amanda a juste un truc à te dire ! dit-elle.

Elle me tend mon portable et je m'assieds sur le lit. Je prends une grande inspiration et mets le combiné à mon oreille.

— Bonjour maman ! Comment tu vas ?

— Comment je vais ? Deux jours sans nouvelles ! crie-t-elle.

Au même moment j'entends que l'on toque à la porte, Emmy se lève pour ouvrir. Je m'excuse auprès de ma mère et la rassure comme je peux. Je lui dis que l'on passe tellement de merveilleuses vacances que j'en ai un peu oublié de lui envoyer un message.

— Le principal c'est que vous êtes encore en vie !

Au même moment je vois trois têtes dépassées, je leur fais signe de ne pas dire un mot.

— Oui maman !

Ma mère me rappelle que je devais lui parler d'une chose mais je refuse que ma mère s'inquiète et je lui dis qu'il n'y a rien. Je la rassure une fois de plus. Emmy vient s'asseoir à côté de moi et me sourit.

— Tu es sûr ?

— Maman si je te dis que tout va bien !

— Non ! elle est blessée à la cheville, crie Emmy.

Je mets ma main sur la bouche d'Emmy, ce qui fait beaucoup rire les garçons mais ma mère a tout entendu. Elle commence à crier et j'éloigne mon portable de mon oreille. Je ne comprends aucun mot que ma mère cri et une fois défouler elle respire à nouveau normalement.

— Tu rentres tout de suite en France !

— Maman, le médecin a dit une journée de repos sa devrait être suffisant !

— Je m'en fiche ! Tu rentres, point barre ! crie-t-elle.

J'essaie de rassurer ma mère comme je le peux mais elle ne veut rien savoir et exige que je rentre en France immédiatement.

— Bon, maman je te laisse. Je t'envoie un texto demain. Bisous.

Puis je raccroche immédiatement. Je connais ma mère, elle aurait été capable d'appeler le président pour que je rentre en urgence.

— Pourquoi tu lui as dit ça ! Tu connais maman !

— Oui mais fallait lui dire ! me dit Emmy.

— Quand on serait rentré en France !

Me retournant, les garçons me sourient tous :

— Bonjour à vous trois ! leur dis-je, souriante.

— Bonjour la blessée, me dit Choi Du-Joon.

— Qu'as-tu fait ? me demande Yoon Dae-Hyun.

J'explique aux garçons que j'ai trop forcé sur ma cheville et que je dois la laisser au repos.

— On t'a ramené plein de choses à manger pour ta journée ! dit Yoon Dae-Hyun, réservé.

— Oh ! Il ne fallait pas ! leur dis-je, gêné.

— Ça nous fait plaisir, dit Pak Jung-Hwa.

Ils ont une semaine un peu plus calme que d'habitude, ce qui est très rare, Pak Jung-Hwa leur a fait vent que je serais bloqué pour la journée dans ma chambre et ils sont voulu me rendre visite. Yoon Dae-Hyun me tend le sachet. J'examine l'intérieur et lève ma tête, surprise du contenu.

— Vous voulez me faire grossir avec tout ça ! leur dis-je.

— C'est quoi ? me demande Emmy.

— Les garçons nous nourrissent pour la journée !

— Oh ! Fais voir, dit Emmy, en prenant le sac.

Emmy examine le sac et prend un paquet de gâteau. Elle ne perd pas une seconde pour en manger un. Les garçons rigolent à son action, moi surprise qu'elle se jette dessus.

— Tu avais si faim que ça ?

— Oh que oui ! Tu ne t'imagines même pas ! me répond-elle.

— Tu aurais dû me le dire ! lui dis-je.

Emmy fait tourner le paquet et tout le monde se sert avec plaisir. Emmy attrape une petite bouteille avec un liquide blanc et me demande ce que c'est. Je prends la bouteille et lui dis que c'est une bouteille de lait à la vanille.

— Tu connais vraiment tout !

— J'ai préparé ce voyage durant deux ans ! J'en ai appris des choses, lui dis-je.

— C'est vrai !

Emmy a beaucoup parlé avec Yoon Dae-Hyun. Yoon Dae-Hyun lui montre plusieurs vidéos du groupe en performance. Emmy à beaucoup rit à son contacte ce qui me fait chaud au cœur. Elle qui disait que les boys bands étaient devenue ringard. Finalement, elle doit bien les apprécier. Puis c'est la première fois que je vois Yoon Dae-Hyun discuté aussi longtemps.

Après avoir passé trois heures avec nous, les garçons repartent pour me laisser me reposer. Ma cheville ne me fait pratiquement plus mal et demain je vais quand même y aller doucement et ne pas trop marcher.

Emmy raccompagne les garçons à la porte et revient dans la chambre souriante comme jamais.

— Qu'est-ce qui te fait sourire comme ça ? lui demandai-je.

— Finalement je les aime bien ! Puis tiens, ton mec m'a donné ça ! dit-elle.

Emmy me tend un bout de papier rose pâle.

— Ce n'est pas mon mec ! lui dis-je.

Je prends le papier et le déplie. Un simple mot y est écrit me chamboule l'esprit.

— Il est écrit quoi ? me demande Emmy.

— Euh… Bon rétablissement, lui dis-je, repliant le mot.

— C'est tout ? Je suis déçue ! me dit-elle.

Je sais très bien qui est écrit mais à ce simple mot ce sentiment inconnu revient en moi. Je ne sais vraiment pas ce qu'il se passe mais faudra bien qu'il réalise que ce n'est pas possible. Sa vie est en Corée et la mienne en France.

Chapitre 38
J'attendrais !

Posé devant Netflix, quelqu'un toque à la porte. Emmy me regarde, l'air surprise, puis décide d'aller ouvrir. La voir réapparaître, sourire aux lèvres, je ne demande pas qui cela peut être. Le voir apparaître répond, immédiatement, à ma question.

— Bonsoir, dit-il, s'inclinant.

— Bonsoir ! Que me vaut cette visite ? dis-je.

— Il y a possibilité que l'on discute ?

Mon sourire s'efface en un millième de seconde, l'angoisse monte en moi et s'installe dans mon ventre.

— Euh… Oui ! Je t'écoute !

— Seul à seul ! me dit-il.

Son visage affiche un air sérieux et je me demande de quoi il veut parler.

— Euh oui ! Laisse-moi mettre mes chaussures !

J'enfile mes chaussures et des milliers de questions se bousculent dans ma tête. Emmy me tape l'épaule.

— Qu'est-ce qu'il se passe ? me demande-t-elle.

— Je ne sais pas ! Il veut me parler, lui dis-je.

Emmy prend son portable, tape un mot et le donne à Pak Jung-Hwa. Tapant à son tour, il lui rend et Emmy lissant le message avale sa salive. Le regardant et la suppliant du regard, elle pose sa main sur mon épaule, soupire.

— Tu verras par toi-même ! me dit-elle, sérieusement.

— Hein ! Il t'a dit quoi ?

— Suis-le et écoute ton cœur !

Je m'assieds sur le lit et les regarde tous les deux.

— Je refuse de bouger le temps que je ne sais pas ce qu'il t'a écris ! dis-je à Emmy.

— Arrête de faire ta tête de mule et suis-le bordel !

— Non ! dis-je.

Je croise les bras et refuse de me lever. Emmy écrit un nouveau message, puis sans que je comprenne je me retrouve sur l'épaule de Pak Jung-Hwa.

— Je te le dirais quand on sera que tous les deux ! me dit-il.

Toujours sur son épaule, je vois Emmy courir pour ouvrir la porte de notre chambre. Je lui tape du poing sur son dos, sans trop forcé et le supplie de me reposer.

— Fais-moi descendre !

— Non ! dit-il. Façon tu ne peux pas marcher !

Dans le couloir, les clients de l'hôtel, nous regarde et se demande ce qu'il se passe. Pak Jung-Hwa s'incline et s'excuse auprès de chacun d'eux et je me cache le visage de honte. Il s'arrête, j'ouvre les yeux et reconnais le mur devant l'ascenseur. J'entends que les portes s'ouvrent et nous y montons. Les portes fermaient, il me pose enfin au sol.

— Tu allais me porter où comme ça ? dis-je.

— Jusqu'à la fin de nos… Peu importe ! dit-il.

— Pourquoi on monte ?

— Tu verras !

Agacé, je me blottis dans le coin de l'ascenseur. Les bras croisés, j'attends que l'on soit arrivé. Je le regarde et ressens son regard me fixer du coin de l'œil. Gêné, il fait mine de tousser et se frotte les mains sur son jeans.

Arrivé en haut, les portes s'ouvrent et il me tend sa main. Plaçant ma main dans la sienne, ce sentiment inconnu revient encore une fois. Il commence vraiment à m'agacer celui-là. Il ouvre une porte et Pak Jung-Hwa me porte à nouveau pour monter les quelques marches qui donnent sur une porte qui mène sur le toit de l'hôtel.

Il m'aide à m'installer sur la bouche d'aération et vient s'asseoir à ma droite. J'observe la vue qui est somptueuse et seul le bruit du vent se fait entendre. Mes yeux toujours à observer la vue, sa voie se fait enfin entendre.

— Tu… Emmy t'a donné le petit mot ? finit-il par demander, timidement.

— Oui ! Elle me la bien donné ! dis-je en le regardant.

Je tourne ma tête pour lui faire face et son regard se plonge dans le mien. J'aimerais rester assise, à cet instant présent, toute ma vie à admirer son regard. Mais je dois reprendre mes esprits !

J'essaie de lui faire comprendre, sans lui faire mal, que sa vie est ici. En Corée. Et que la mienne est en France. Il prend ma main et me dit que le soir où nous sommes venus, sous invitation de son manager, Emmy lui dite une chose qui ne quitte plus ses pensées.

— Elle t'a dit quoi ? demandais-je.

— Elle m'a dit que si ce que Du-Joon a dit est vrai, je dois être patient avec toi !

Je prends une grande inspiration et retire sa main de la mienne pour me lever. Je fais quelques pas en avant et lui dis que je suis au courant.

— Je ne sais pas ce qu'il a pu se passer dans ton passé, mais j'attendrais !

— Je ne peux pas ! me chuchotais-je.

Une boule se forme dans ma gorge, mes larmes menacent de couler. Mon cœur se serre de plus en plus. Croisant son regard, je fonds à nouveau en larmes et menace de tomber sous l'émotion. Je commence à me lever et je menace de tomber. Pak Jung-Hwa me rattrape de justesse et me maintient dans ses bras.

Mon chagrin s'étant calmé, il m'aide à m'asseoir à nouveau. Je n'ose pas le regarder. Sa main posée sur mon dos, je me rends compte d'une chose. C'est qu'à aucun moment il ne m'a jugée et m'a à nouveau réconfortée. Je tourne ma tête, je constate que ses yeux sont rouges. Je pose une main sur sa joue et sans que je comprenne moi-même, je me penche vers lui et dépose un timide baissé sur ses lèvres. Dans un moment de panique, je m'écarte de lui. Je le regarde choquer de mon action. Pourquoi ai-je fait ça ? Mais pourquoi ?

— Je suis désolé ! dis-je.

Je vais pour me lever mais sa main vient s'arrêter sur mon poignet. Il se lève et me fait face. Je vais faire quoi maintenant ? Il fixe mon regard, pose une main sur ma joue et m'embrasse. Voulant résister, mon corps lâche et je me laisse emporter dans cet échange. Ses lèvres sont d'une douceur insoupçonnable. Il est d'une délicatesse que je n'avais jamais connue auparavant.

Il relève son visage et sa main reste collée à mon visage.

— J'attendrais ! me chuchote-t-il.

Il m'attendra ! Comment ? Je vis à l'autre bout du monde. Je ne peux pas faire des allers-retours comme je le voudrais et lui à un planning très chargé. Mon cœur est partagé entre l'amour et la raison. Comment un couple peut-il se construire comme ça ?

— Je… Tu… Fin… je… dis-je en bégayant.

Avant d'en dire plus, je remets mes idées en place et finis ce que je voulais lui dire. La raison l'emporte et lui demande comment un couple peu construire quelque chose de sérieux alors que l'on habite à des milliers de kilomètres. Il pose son index sur ma bouche et me dit que ce n'est que des détails. Même à des milliers de kilomètres on pourrait construire notre vie. Il est conscient que ça ne sera pas facile au début. Il finit par me demander d'avoir confiance en lui. Il me dit également que des rumeurs se baladeront sur le net et que je n'aurais qu'à lui demander confirmation.

— On m'a demandé d'être patient avec toi, sois patiente avec le temps ! finit-il.

Chapitre 39
Le doute plane

Revenue dans la chambre, je me plaque contre la porte. Emmy s'avance vers moi et s'accroupit.

— Qu'est-ce qu'il s'est passé ?

— Je… Je l'ai embrassé ! lui dis-je, mon regard figé dans le vide.

— Hein ? Un vrai baiser ? Lèvres contre lèvres ?

Je dirige mon regard vers elle, je lui souris. Elle attend, impatiemment, ma réponse et affiche un large sourire.

— Non, joue contre joue ! Ben oui, lèvres contre lèvres ! dis-je.

— Oh ! Mais c'est trop bien !

Emmy est sur excité de la situation pendant que moi je suis en plein doute.

— Mais… commençais-je à dire.

— Ah non ! Tu ne vas pas recommençais ! me dit-elle.

J'essaie de faire comprendre à Emmy que nous vivons tous les deux dans pays différents et surtout à des milliers de kilomètres.

— Ce ne sont que des détails ! me dit-elle.

— C'est exactement ce qu'il m'a dit !

Emmy m'observe un moment, pose une main sur l'arrière de mon crâne, puis me serre dans ses bras. Emmy me dit qu'elle est fière de moi. Que je suis une personne qui respire la joie de vivre. Pour elle j'ai également une forte personnalité qui sera assez forte pour affronter tout ça.

— Depuis quelques jours la peur t'envahit à chaque fois que tu le vois !

— Je sais ! lui dis-je tristement.

Emmy m'ouvre les yeux sur mes peurs. Je crains les sentiments que j'ai pour lui. Quand j'ai dû rentrer à l'hôpital, j'étais en couple et il m'é quitté à la seconde où j'en suis ressortie. Emmy me dit que Pak Jung-Hwa n'est pas comme mon ancien compagnon. Je dois dire qu'il est complètement différent. Il n'a jamais critiqué ou ri du moindre fait et geste. Il sait que j'ai un passé très compliqué. Il m'a soutenue au lieu de m'abandonner.

— Fais-moi confiance ! me dit-elle.

— Faut que je réfléchisse à tout ce qui m'arrive ! lui dis-je.

— Ne réfléchis pas trop longtemps, il nous reste quatre jours ici ! me dit-elle.

— Hum ! lui dis-je.

Emmy s'enferme dans la salle de bain et me laisse seule avec mes pensées. Après avoir donné ma confiance à plusieurs personnes qui ne la méritaient pas, ça m'a détruite. Emmy à sûrement raison, la seule réponse à ma question c'est d'essayer de lui faire confiance et avec ce qui s'est passé ce soir, je ne peux que lui accordé. Jusqu'à ma rencontre avec lui, je n'avais que de l'admiration pour lui, maintenant que je le connais un peu plus personnellement, mes sentiments envers lui ont changé. Je sais ce que mon cœur ressent pour lui actuellement, mais c'est trop dur pour moi de l'exprimer. L'aimerais-je suffisamment asse fort pour supporter la distance qu'il y aura entre nous ?

Chapitre 40
Confidence !

Réveillée, Emmy n'est plus là ! Voulant prendre immédiatement mon portable pour la contacter, un mot est posé à côté.

Amanda,
Je suis partie chercher le petit déjeuné, ne t'inquiète pas je ne serais pas longue.
J'ai pris mon portable avec moi, appelle-moi à ton réveil.

Emmy

Emmy est allée nous chercher à manger l'autre soir, toute seule. Je veux lui faire confiance et la laisser se débrouiller toute seule. Elle n'a pas pu aller bien loin de toute manière. Je lui lance seulement un texto pour lui dire que je suis bien réveillé et que j'ai bien vu son petit mot.

Emmy
D'accord, je n'en ai plus pour longtemps. Habille-toi, faudra que tu descendes quand je te le dirai !

Descendre ? Pour quoi faire ? J'espère qu'elle a une bonne raison parce que je n'ai pas vraiment envie de bouger du lit, j'y suis trop bien.

Assise sur le canapé du hall de l'hôtel, je lui lance un texto pour lui dire où je me trouve et elle me répond qu'elle sera là d'ici cinq minutes.

Les cinq minutes se sont transformées en quinze minutes et Emmy rentre enfin dans l'hôtel.

— Emmy ! dis-je.

Emmy s'approche de moi et elle n'est pas seule. Cacher derrière une casquette et un sweat noir je le reconnais immédiatement. Ils s'approchent tout deux et arrivé à ma hauteur, je le regarde les yeux grands ouverts.

— Yoon Dae-Hyun ! chuchotais-je.

— Va demander à l'accueil si on peut aller dans l'une des salles de réunions.

Il y a des salles de réunions dans cet hôtel ? Je ne le savais même pas. Surprise qu'il sache cette information, je lui demande de répéter. Il me demande de me dépêcher parce qu'il n'est pas à l'aise d'être à la vue de tout le monde et surtout il ne souhaite pas être découvert.

— Oh ! oui, j'y vais !

À l'accueil, je demande la clé et l'hôtesse d'accueil regarde derrière moi. Sans me poser de questions elle me confie une clé. Je préviens Emmy et Yoon Dae-Hyun que c'est tout bon. Emmy se stoppe et me dit qu'elle nous laisse seuls. Sans d'explications, elle monde dans l'ascenseur, me laissant seule avec Yoon Dae-Hyun.

J'ouvre la porte de réunion, laisse rentrer Yoon Dae-Hyun. Il me propose une chaise pour m'asseoir mais je ne serais pas à l'aise dessus et m'assieds sur une table.

— Que me vaut ta visite ? demandais-je à Yoon Dae-Hyun.

— Ta sœur a un sacré caractère ! dit-il, en rigolant.

— Ça tu l'as dit ! Mais attends, elle est venue vous voir ? lui demandais-je.

Yoon Dae-Hyun me raconte qu'Emmy est arrivé à l'accueil mais que l'hôtesse lui refusait l'accès. Monsieur Yu a croisé Emmy dans le hall du label. Il s'est porté garant pour Emmy et l'a ramenée auprès des garçons. Ils ont été très surpris de sa visite, sans ma compagnie. Sans me dire le sujet de conversation, il me dit simplement qu'Emmy leur a longuement parlé et monsieur Yu à jouer les interprètes pour que la conversation soit plus claire que sur l'application. Après cette conversation, Pak Jung-Hwa a souhaité venir mais Yoon Dae-Hyun a préféré venir.

— Pourquoi toi ?

Yoon Dae-Hyun me fixe un petit moment, l'air sérieux. Puis fixe mon bras à découvert.

— Il représente quoi ton tatouage ? me demande-t-il.

Mon tatouage ? Il a fait toute cette route pour me demander la signification de mon tatouage ? Sérieux ?

— Euh… Quelque chose !

Un sourire se dessine sur son visage, il se lève du siège et vient s'asseoir à côté de moi.

— Tu l'es depuis quel âge ?

Je sais très bien de quoi il veut parler. Cette période est compliquée pour moi d'en parler.

— Pour ma part, je le suis depuis mes seize ans !

— Je sais ! lui dis-je.

Il essaie de communiquer avec moi et savoir pourquoi j'en suis arrivé à ce stade, il y a quatre ans. Je lui fais face et dans son regard je ne vois aucune pitié mais du réconfort. Je sais ce qu'il a traversé avant de devenir un membre des Bunch of Boys. Il en était arrivé au même stade que moi. Mon cœur me dit que je peux lui faire confiance et qu'il ne me jugera pas.

— J'avais quatorze ans quand tout a commencé.

— Ta première fois ?

161

— Hein ? lui dis-je, tournant ma tête vers lui surprise de sa question.

Yoon Dae-Hyun lève son index dans la direction de mon bras et de la fenêtre.

— Il y a des reflets à la lumière !

— Ah ! dis-je.

Gênée, je tire sur mon pull mais il a de courtes manches et j'essaie de cacher mon bras avec ma main. Yoon Dae-Hyun, enlève la main de mon bras.

— Tu n'as pas avoir honte ! me dit-il.

— À mes seize ans ! La deuxième il y a plus de quatre ans ! lui dis-je.

— Une question me tourne dans la tête depuis notre première rencontre !

Je le regarde et mon visage affiche un air interrogateur parce qu'il me sourit.

— Hum, j'écoute !

— Tu as dit que l'on t'avait aidée, comment ?

Je me lève, fais quelques pas, et mon cœur continue à me dire que je peux lui confiance. Je sais que je peux me confier à lui sans avoir de moquerie ou de jugement. Je ne peux pas expliquer comment, mais je sais que le peux. Je me retourne et commence à lui dire la raison de mon état.

Yoon Dae-Hyun reste attentif à chacune des paroles de mon histoire. Je prends une grande inspiration, mon cœur bat vite et je lui suis souris nerveusement.

Même si cette période reste floue dans ma tête, je sais que je n'avais plus le goût à rien. Je n'avais aucune réaction et laisser le temps couler seul. Trois mois après cet incident, je me balader sur les réseaux sociaux et c'est à ce moment-là qu'une amie du lycée à partager une vidéo d'eux. Je n'avais pas souri depuis trois mois.

— De nous ? Une fan aussi ?

— Oui, et avec cette vidéo, j'ai souri, lui dis-je.

Voyant un nouveau sourire se dessiner sur son visage, me va droit au cœur.

Les entendre rire et les voir faire les idiots m'a fait sourire. Quand je me suis rendu compte que j'avais souri, ce jour-là, il m'a fallu environ deux semaines pour comprendre qu'il fallait que je reprenne ma vie en main. Vivre de la sorte n'était plus possible pour moi. J'ai commencé à écouter leurs chansons, moi qui ne comprenais pas le coréen, j'ai joué avec Google pour avoir les paroles traduites. Pour certaines chansons j'avais l'impression qu'elles étaient écrites pour moi.

J'ai repris ma vie en main, j'ai suivi une formation dans le monde automobile et je n'ai plus quitté mon travail.

— Il m'a fallu énormément de temps pour être la personne que je suis devenu aujourd'hui.

Yoon Dae-Hyun pose sa main au niveau de sa poitrine et me regarde avec un sourire affectueux. Ça le touche de connaître l'histoire d'une fan qui a connu le pire et qui, grâce à leur musique, s'en est sortie.

— Tout ce qui fait les Bunch of Boys m'a beaucoup aidé !

Yoon Dae-Hyun se lève et pose sa main sur mon épaule. Plus petite que lui, je dois lève ma tête pour le regarder.

— Je suis content que tu pétilles de joie maintenant !

— Je ne me confie à personne, en général.

— Oh ! J'avais remarqué ! Puis ta sœur est une grande bavarde ! me dit-il.

— Je vais la tuer !

C'est une façon de parler mais Yoon Dae-Hyun refuse que je gronde ma sœur. Pour lui elle a très bien fait d'aller les voir et de leur expliquer la situation. Parce que je plais beaucoup à son ami et qu'il se pose beaucoup de questions. Il n'a jamais vu Pak Jung-Hwa dans cet état émotionnel, inconnue de tous, depuis notre rencontre. Il connaît son ami par cœur et il me demande de lui faire confiance. Yoon Dae-Hyun frotte le haut de ma tête et me dit de surtout faire confiance à nos sentiments. Je ne sais plus quoi penser de tout ça.

— Dis-lui de me laisser la journée pour réfléchir.

— Hum… D'accord !

Je libère Yoon Dae-Hyun et rejoins Emmy dans la chambre. Elle est allongée sur le lit, portable à la main. Elle me regarde et me sourit.

— Je vais te tuer ! dis-je, courant et sautant sur elle.

— Je l'ai fait pour ton bien ! dit-elle.

Elle arrive à voir mon visage et un sourire s'affiche sur mon visage.

— Mais attends, tu souris ?

— Possible ! lui dis-je.

Je la libère et m'assieds au pied du lit.

— Tu soûles ! J'ai vraiment cru que tu étais en colère !

— Merci ! lui dis-je.

— Arrête ! Il y a trop d'amour là ! me dit-elle.

Emmy me regarde et me demande ce qu'il s'est passé pour que ce soit si long. Je refuse de lui en dire un mot, le temps que je ne me suis pas décidé moi-même.

— Ce n'est pas juste ! dit-elle.

— Je sais ! Shopping ?

— Pfff ! Mais shopping ça me va !

Chapitre 41
Réflexion faite !

Vais-je le laisser rentrer dans ma vie et dans mon cœur ? Telle est la question qui me reste sans réponse. Ayant été détruite il y a environ quatre ans, la peur d'une nouvelle relation ne me quitte jamais à chaque fois que je peux intéresser un homme.

On a trouvé une nouvelle zone de commerce et durant la balade on est tombé sur une boutique de K-Pop.

— On y rentre ! OBLIGE ! dis-je à Emmy.

— L'avoir en vrai te suffit pas ! me dit-elle.

Je la regarde et lui fais de grands yeux !

— Personne parle français ici !

Dans la boutique, tous les groupes de K-Pop sont représentés par zone. Bien évidemment je cours au rayon qui m'intéresse et commence à regarder les articles qui peuvent m'intéresser.

— Tu vas encore t'acheter des bricoles ? L'embrasser, ne t'as pas suffi ? me dit Emmy, en rigolant.

— Chut ! Moins fort, on pourrait t'entendre ! dis-je, en regardant autour de nous.

Emmy lève les yeux au ciel et fait un tour dans toute la boutique. Deux jeunes clientes font également leur shopping et sans le vouloir, mes oreilles écoutent leur conversation.

La jeune fille à lunettes complimente Choi Du-Joon et le trouve charmant.

— Je vais prendre le sac et la pochette et toi ? dit l'autre jeune fille.

— Juste les cartes, j'ai déjà tout chez moi ! J'aimerais savoir qui est sa petite amie, dit la fille à lunettes.

Qui a une petite amie ?

— Oh ! Pak Jung-Hwa est en couple ?

— Oui, avec la chanteuse du nouveau groupe !

La chanteuse d'un nouveau groupe ! Pourquoi je ne l'ai pas su avant ? Quand cette information a-t-elle été rendue publique ? Je m'approche un peu des deux jeunes filles et me présente d'être une fan française.

— Oh ! Une Française ! Ravi ! me dit la fille à lunette.

La fille à lunettes me dit que ce n'est qu'une rumeur mais qu'une photo des deux idoles a été rendue publique il y a deux jours sur les réseaux sociaux. D'après la rumeur, ils seraient en couple depuis environ un mois. Un mois ? Mais ce n'est pas possible ! Je dois être dans un cauchemar et je vais bientôt me réveiller.

— Ah ! Je vois ! Encore désolé d'avoir écouté, dis-je, en m'inclinant.

— Pas de soucis ! me dit-elle, en s'inclinant également.

Je cours voir Emmy et lui explique ce que je viens d'apprendre sur Pak Jung-Hwa.

— Je sais ! Il m'en a parlé avant que tu le saches !

— C'est que maintenant que tu me le dis ! dis-je.

Emmy me dit que Pak Jung-Hwa lui a dit pour la rumeur qui court depuis deux jours mais qu'il lui a confirmé qu'il est bien célibataire. Cette sortie s'est effectuée avec les deux groupes. C'était pour fêter la sortir du premier album des jeunes filles.

— Ah ! D'accord ! dis-je, soulagé.

— Rassurer ? Tu prends quoi du coup ?

— Tes cartes et une paire de chaussettes !

Emmy lève les yeux au ciel et je pars en caisse. Ce que viennent de dire ces deux filles et Emmy me fait réaliser quelque chose. Sans y prêter attention, je venais de répondre moi-même à ma la dernière question que je me posais ! Des rumeurs comme celle-ci, il y en aura pleins.

Nous sortons du magasin et je me stoppe sans prévenir Emmy. Emmy se retourne et me rejoint.

— Qu'est-ce qu'il y a ?

— J'ai réfléchi ! dis-je à Emmy.

— Alors ?

— Tu seras la deuxième au courant, dis-je sérieusement.

Je reprends la marche et Emmy me court après. Elle me supplie de lui dire ma réponse, ce que je refuse de lui répondre et continue mon chemin.

Chapitre 42
Je n'en parlerais à personne

Depuis que je suis arrivée en Corée, j'ai vu tant de choses magnifiques. J'ai mangé des plats vraiment délicieux. Et j'ai rencontré mon groupe préféré. J'avais prévu tellement de choses qui n'ont pas eu lieu. J'ai raté une journée à cause de ma cheville. La plupart de mes soirées, je les ai passés avec les Bunch of Boys ou avec Pak Jung-Hwa seul. Depuis ce fameux jour, il a chamboulé ma vie et mes sentiments. Ce qui n'était pas prévu dans mon programme de voyage préparé soigneusement.

Ce qui concerne Pak Jung-Hwa, avoir parlé avec Yoon Dae-Hyun, la conversation entendue par ces deux jeunes filles et la réponse d'Emmy m'a fait prendre ma décision. J'ai également écouté mon cœur, ce qui n'a pas été facile. Mais je ne peux vraiment, plus ignorer, tout ce qu'il se passe. Ça n'est pas une décision qui n'a pas été facile à prendre mais je lui dois une réponse de ma part, comme promis.

Debout devant les locaux du label, je regarde un instant l'immeuble qui se tient devant et prend une grande respiration avant de rentrer. À l'intérieur, l'hôtesse d'accueil me demande ce qu'elle peut faire pour nous et lui explique notre venue. Emmy lui sourit et l'hôtesse la reconnaît immédiatement.

— Je vais contacter monsieur Yu ! nous dit la dame.

Elle contacte monsieur Yu immédiatement et nous demande de patienter. L'attente n'a pas été très longue et monsieur Yu sort de l'ascenseur. Il nous accueille avec le sourire et nous demande de le suivre.

Les portes de l'ascenseur s'ouvrent et nous croisons monsieur Kim, je m'incline.

— Bonjour, monsieur !

— Mes dames, bien le bonjour ! dit-il, en s'inclinant.

Emmy s'incline pour lui dire bonjour et lui sourit nerveusement.

— Madame Blink, je peux vous voir ?

Monsieur Kim demande à me voir seul et qu'Emmy devra patienter avec les garçons.

— Ça va aller ? me demande-t-elle, inquiète.

— Hum ! Je vous rejoins après !

J'attends qu'Emmy soit rentré dans la salle, où les garçons se trouvent et deux têtes en dépassent. Celle de Pak Jung-Hwa et Choi Du-Joon. Je leur fais signe de la main et suis monsieur Kim dans son bureau. L'angoisse monte dans mon ventre.

Monsieur Kim me dit qu'il a eu vent de ma visite surprise par monsieur Yu. Je lui avoue que je dois voir Pak Jung-Hwa pour quelque chose de privé. Monsieur Kim me regarde un instant. Il me met vraiment mal à l'aise aujourd'hui. Dans ce silence gênant, il me demande si je suis sûr de mon choix parce que je ne pourrais pas faire machine arrière. En une fraction de seconde, je sens de l'agacement monter en moi et lui dit que ça n'a pas été une décision facile à prendre, surtout pour moi. Je lui dis également que personne ne sait ce que la vie m'a fait dans le passé. Je veux juste être heureuse, ce qui ne sera pas facile, en vue des circonstances.

— J'aime votre franchise ! Ce qui est du temps passé avec eux... commence-t-il par dire.

— Je ne dirais rien à personne ! lui dis-je.

Monsieur Kim a vraiment épluché mes réseaux parce qu'il me dit qu'il a également remarqué que je ne mettais rien sur moi-même. Même une photo de voyage n'y est pas !

— Je vais sortir et réfléchissez bien à votre choix ! Plus rien ne sera comme avant !

Monsieur Kim quitte la pièce et voulant sortir, le visage de Pak Jung-Hwa apparaît dans mon champ de vision. L'inquiétude est affichée partout sur son visage. Il essaie de rentrer mais monsieur Kim lui barre la route. Il lui demande de me laisser cinq minutes, seule. Pak Jung-Hwa devient impatient.

— J'ai attendu toute la journée ! dit-il.

Monsieur Kim prend Pak Jung-Hwa par les bras et lui demande de se rappeler la conversation qu'ils ont eue avec Emmy au matin même. Et surtout que ce n'est pas facile pour moi. Monsieur Kim referme la porte et me laisse seule cinq minutes. Monsieur Kim était présent également ! Je frotte mon bras par honte et les paroles de Yoon Dae-Hyun me reviennent en mémoire : « Tu n'as pas avoir honte. » Je prends une grande inspiration et pense à la décision que j'ai prise. Je baisse ma manche et me dirige vers la sortie. Quand j'ouvre la porte, Pak Jung-Hwa se tient devant moi, adosser au mur et bras croisés. Mon regard fixe le sien et c'est à ce moment précis que j'ai su que ma décision changera ma vie entière. Vais-je le regretter ? Seul l'avenir nous le dira !

Chapitre 43
Un voyage, mais pas seulement !

C'est le principal concerné et je lui dois une réponse. Je m'écarte de la porte et lui dis de rentrer dans le bureau. Il se stoppe au bord de l'entrée et me fixe. Il m'attrape la main et mon ventre ne fait qu'un demi-tour sur lui-même. Plusieurs sensations se baladent dans mon corps. Un air sérieux mais également de l'inquiétude est affiché sur son visage.

— On va aller ailleurs, on étouffe ici ! dit-il.

Je lui fais signe de la tête et je le suis. Dans l'ascenseur je le vois appuyer sur le bouton du dernier étage.

— Tu as pris des abonnements pour les toits ? lui dis-je.

— Depuis toi, oui ! me dit-il.

Sa réponse me fait rougir.

Arrivée en haut, la vue est encore plus magnifique que celle de l'hôtel. Je m'approche un peu plus pour admirer les immeubles et les couleurs que la soirée offre, m'aide à moins stresser.

— C'est magnifique ! dis-je, les yeux rivés sur la vue.

Il me laisse le silence comme réponse et je me retourne pour lui faire face. Ses yeux sont rouges, il doit être au bord des larmes. L'inquiétude n'a pas quitté son visage. Ses épaules sont tendues. Mon ventre se tend rien qu'à penser à ma décision.

171

Chaque pas qu'il fait vers moi est en synchronisation avec les battements de mon cœur. Il s'arrête à quelques centimètres de moi, son regard plongé dans le mien :

— Tu n'avais rien à me dire ? dit-il, calmement.

— Si !

Je baisse la tête et remarque qu'il serre des poings.

— Je t'écoute !

Je n'arrive pas à placer un mot devant l'autre et je bégaye.

— Je comprends ! Tu l'as dit toi-même, des milliers de kilomètres nous séparent, dit-il.

Quoi ? je n'ai encore rien dit qu'il se fait une conclusion lui-même. Il s'éloigne et je me retrouve dos à lui.

— Je sais ce que je t'ai dit ! Ne m'en veux pas, s'il te plaît !

— Je ne t'en veux pas !

Je me frotte les mains l'une contre l'autre et lui dis qu'il ne comprend pas où je souhaite en venir.

— Comment ça ? dit-il, en se retournant.

Son visage humide me fait mal au cœur ! Il doit vraiment tenir à moi.

— Je veux retirer ce que je t'ai dit !

— Je ne comprends toujours pas !

Je me retourne à mon tour et mes yeux fixés sur l'immeuble d'en face, je lui explique que j'ai perdu la faculté de m'ouvrir aux autres et de parler de mes sentiments.

— Emmy t'a demandé d'être patient avec moi, j'espère que tu le resteras dans l'avenir !

Il bégaye à son tour, ne plus savoir quoi dire un silence s'installe sur le toit du label. Dans un rire nerveux je lui avoue que personne n'avait réussi, en seulement quelques jours, à mettre un bazar pareil dans ma vie. Je lui avoue aussi que je ne comprends pas pourquoi mon cœur la choisit. Je prends une grande inspiration et me retourne et son visage est inondé de larmes.

— J'ai fait au mieux pour t'expliquer mes sentiments !

Il s'élance vers moi et à chaque pas qu'il fait dans ma direction, il répète : « J'attendrai » ! Arrivé à ma hauteur, mon cœur se serre, un ouragan se propage dans mon ventre et j'ai l'impression d'avoir de la fièvre. Sa main vient se poser sur ma joue, des larmes coulent de mon visage et Pak Jung-Hwa vient déposer le plus doux des baisers sur mes lèvres.

Chapitre 44
Surprise générale pour tous

Dans l'ascenseur, Pak Jung-Hwa essaie de me faire rire avec des blagues mais c'est raté. Je regarde attentivement et me moque de lui !

— Elle est bien ma blague, non ?

— Celle-ci oublie là ! lui dis-je.

— Ce n'est pas cool ! me dit-il.

Nous sortons de l'ascenseur et nous sommes accueillis par Emmy et les garçons. Emmy se met à courir dans notre direction et se stoppe en une fraction de seconde. Elle pointe nos mains.

— Mais attendant, tu lui tiens la main ! me dit Emmy.

— Euh… dis-je, gêné.

J'essaie de retirer ma main de celle de Pak Jung-Hwa mais il la serre tellement fort que je n'arrive pas à la délivrer. Choi Du-Joon nous demande ce qui s'est passé là-haut et s'excuse auprès de son ami parce qu'il pensait que ma décision était l'inverse de ce qu'il voyait.

— Je me sens bête d'un coup ! me dit Choi Du-Joon.

Je le rassure comme je peux et le console en lui disant qu'il n'a pas à se sentir bête parce que je ne suis pas forte pour exprimer mes sentiments. Je regarde Emmy et la remercie du regard.

— Bienvenue dans la famille ! Me dit Choi Du-Joon.

— N'allons pas trop vite, s'il te plaît. Doucement mais sûrement !

La main de Pak Jung-Hwa me serre un peu aux paroles que je viens de prononcer et me dis que je dois dire quelque chose qui le confortera. Mais que vais-je dire ? Je mets ma main sur mon cœur.

— Ce qui compte, c'est que je l'ai écouté, dis-je.

Sa main desserre la mienne, ce qui desserre son cœur au passage.

— Je suis trop heureux pour vous ! nous dit Choi Du-Joon.

— On l'est tous ! dit Yoon Dae-Hyun.

— Merci les gars, dit Pak Jung-Hwa.

Emmy tire mon bras et me dit qu'elle doit me parler. Ce qui surprend tout le monde. Elle nous enferme dans un bureau et hurle de joie en sautant partout.

— Est-ce que ça va ?

— Je suis la belle-sœur d'une super star ! C'est trop bien ! dit-elle.

Sacré Emmy. J'ai trois sœurs, mais Emmy est vraiment unique.

— Tu n'exagères pas !

— Je te jure, on pensait tous que tu allais le laisser ! me dit-elle.

Je lui explique en deux mots que lui aussi le pensait et que j'ai dû faire au mieux pour qu'il comprenne ma décision.

— Pour une surprise, c'est une surprise ! Maman ne va pas en revenir !

— NON ! On ne dit rien à personne ! Compris ? lui dis-je.

Emmy me regarde, surprise de ma réaction. Elle me demande pourquoi et je lui explique avoir promis à monsieur Kim de ne rien dire à personne. Puis que je souhaite rester anonyme pour notre bien. Je ne suis pas forte pour exprimer ce que je ressens encore moins à l'écran.

— Je comprends ! Promis, je ne dirais rien à personne ! me dit-elle.

— Sacré Emmy ! dis-je, frottant le haut de son crâne.

Chapitre 45
Jour du départ

Après mettre dévoiler à Pak Jung-Hwa, il y a quelques jours, on a beaucoup profité du temps qu'il nous restait. Le groupe nous on amenait dans des endroits magnifiques, que je n'avais pas prévue mais que je ne regrette pas avoir vue. Emmy ne s'est plainte à aucun moment. Rester en compagnie de stars, connues mondialement, ne lui a pas déplu. Au contraire, elle a de l'affection pour eux et a bien rigolé en leur compagnie. J'ai quand même pu profiter de ma sœur, seule. Avant notre départ, j'ai préparé un album de voyage et ayant pris un maximum de photos avec elle, il ne me reste plus qu'à les imprimer à notre retour en France.

Connaître Pak Jung-Hwa, en tant que personne et non en tant qu'artiste, n'a fait qu'amplifier mes sentiments pour lui. Ils se sont installés dès notre première rencontre. Je refusais de le voir par peur de souffrir à nouveau. Je me rends bien compte de la décision que j'ai prise et qu'à partir de maintenant rien ne sera comme avant. Un amour à distance, de plus avec une star mondiale, ne sera pas facile à gérer. Je lui ai confié que je souhaitais rester anonyme ce qu'il a accepté sans poser de question. De plus je ne peux pas venir en Corée, comme je le voudrais. Et son retour a été qu'il ferait les déplacements lui-même. J'ai refusé l'idée mais il est aussi têtu qu'une mule. Il ne m'a pas laissé le choix que d'accepter. Il a même trouvé excuse, qu'au seul concert que le groupe à fait à Paris, il n'avait pas pu visiter la ville et qu'en conséquence ça lui donnerait l'occasion.

Hier soir, il m'a promis de venir me dire au revoir à l'aéroport, je lui ai que ce n'était pas nécessaire, de plus quelqu'un pourrait le reconnaître. Mais il n'a rien voulu savoir et m'a dit qu'il allait venir. Il a une réunion cette après-midi et qu'il me rejoindrait directement là-bas. Notre vol est pour vingt-deux heures, j'espère qu'il sera présent.

Emmy me fait sortir de mes pensées et me demande si je n'ai rien oublié. Je regarde la salle de bain et la chambre et rien n'a été oublié.

— L'accueil accepte de garder nos valises pour l'après-midi.

— Ah, super, on pourra aller manger et se balader une dernière fois !

— Oui ! lui dis-je.

Emmy commence à sortir vos valises de la chambre et je la regarde une dernière fois.

— C'est rempli de souvenirs, n'est-ce pas ? me demande Emmy.

— Oui, que de bons souvenirs ! dis-je.

Nous quittons la chambre, le cœur lourd. Mon esprit comprend que c'est presque la fin et qu'il ne nous reste plus beaucoup de temps avant notre retour en France.

Seize heures, l'heure du retour sonne. Emmy est moi somme aller chercher nos valises à l'hôtel et un taxi, offert par l'hôtel est déjà arrivé. Surprise du geste de l'hôtel, je regarde l'hôtesse et lui dis que ce n'était pas nécessaire. L'hôtesse me dit que c'est pour nous remercier de notre visite et d'avoir été de très bonnes clientes. Elle me remercie également d'avoir gardé la chambre dans un état irréprochable durant tout notre séjour. Mais surtout de l'aide apporter aux employés de chambre. C'est vrai que tous les deux jours notre chambre été nettoyer, les draps changer. Pour les aider, comme je le pouvais, je rassemblais le tout dans un coin de la chambre et les laisser faire le reste. Mais ça me gêne quand même d'avoir un tel geste de gentillesse.

— C'est le moindre que l'on puisse faire pour vous, me dit-elle

— Ah ! Je vous en suis reconnaissante, merci ! dis-je.

L'hôtesse nous remercie de notre visite et nous souhaite un très bon retour en France.

Quand je me retourne, le salon du hall me fait face. La première chose qui me revient en tête, c'est le jour où les Bunch of Boys sont rentré dans ma vie. Mon cœur bat à vive allure rien qu'en y repensant. La main d'Emmy se colle à la mienne et je la serre fort, mes yeux toujours rivés sur le salon. Il ne faut pas que je pleure. Je dois rester forte.

Nous voici à l'aéroport. Nos billets sont enregistrés et le passage de sécurité est fait, nous voici dans la salle d'attente. Nous sommes arrivés un peu plus tôt par précaution, ce qui nous fera patienter quatre heures. Ayant avoir pris de quoi nous occupé, plus nos jeux sur nos téléphones, le temps passe asse vite. Ça fait déjà deux heures que nous patientons.

— Je vais aux toilettes ! me dit Emmy.

— D'accord, fait attention hein !

— Promis !

Les yeux figés sur mon jeu virtuel, Emmy a fait vite !

— Tu as fait vite ! lui dis-je.

— Bonjour madame Blink !

Je sursaute en entendant sa voix.

— Monsieur Yu ! dis-je.

Monsieur Yu me sourit et s'incline. Je me lève et comprends immédiatement sa venue.

— Il ne viendra pas, n'est-ce pas ? lui demandai-je.

— Je suis désolé, madame. Monsieur Pak a été retenu par sa réunion.

Mon cœur se serre, je ne suis pas encore partie que je veux déjà pleurer de douleur. Je me rassois et je retiens mes larmes, aussi fort que je le peux.

— Monsieur Yu ! dit Emmy.

— Madame Blink, bonjour ! dit monsieur Yu à Emmy.

Emmy me regarde puis regarde à nouveau monsieur Yu.

— Il ne viendra pas ! dit-elle.

— Monsieur Pak Jung-Hwa a été retenu par sa réunion.

Emmy le remercie d'avoir fait toute cette route et de nous avoir prévenues. Monsieur Yu me tend un paquet et me dit que c'est de la part de Pak Jung-Hwa. Qu'il aurait aimé me donner en main propre. Malheureusement il n'a pas pu et a confié la mission à monsieur Yu. Emmy prend le paquet et me le donne. Je commence à dénouer le nœud et monsieur Yu s'interpose.

— Monsieur Pak Jung-Hwa, souhaite que vous l'ouvriez dans l'avion !

— Ah ! Bon d'accord ! Merci monsieur Yu, dis-je.

Emmy s'installe à côté de moi et ne dit pas un mot mais prends ma main pour me réconforter.

— C'est une star, je comprends ! lui dis-je.

Chapitre 46
La dernière minute

Le temps et l'espoir disparaissent au fur et à mesure du temps. Je ne peux m'y résoudre, mais il ne pourra vraiment pas venir. Tous les voyageurs sont déjà à bord de l'avion. Il est temps pour nous d'y monter aussi. Je prends mon sac à dos et nous remercions monsieur Yu d'être resté avec nous jusqu'à la dernière minute. Il nous souhaite un bon voyage et de faire attention à nous. Je le regarde, au bord les larmes et le remercie de tout ce qu'il a fait pour nous durant notre séjour.

— Vous êtes vraiment un homme en or ! lui dis-je.

— Je vous remercie du compliment madame Blink ! me dit-il.

Emmy ne peut contenir plus son chagrin et serre monsieur Yu dans ses bras. Ce qui le fait sourire.

— Vous allez me manquer, monsieur Yu ! Si vous passez un jour, en France, passez nous dire bonjour.

— Je n'y manquerais pas ! lui répond-il.

Emmy s'écarte et nous lui faisons signe de la main. L'hôtesse de vol prend nos billets et les contrôles. Elle me sourit et me dit que tout est bon, que nous pouvons monter. Sans que je comprenne, une personne m'attrape et me serre dans ses bras. Sans même avoir vu son visage et je reconnais immédiatement son odeur et je serre mes bras autour de lui et je fonds en larme.

— Je… Je ne pensais vraiment pas que tu pourrais venir ! lui dis-je, en larmes.

— Je sais ! J'ai fait aussi vite que possible ! me dit-il.

Malgré qu'il porte une casquette et un masque, son regard se plonge dans le mien et je ne peux contenir ma joie de le voir une dernière. Il avait promis de venir et il a tenu sa promesse. Bien que j'aie perdu espoir qu'il vienne.

— On peut lui dire au revoir, nous aussi, dit Choi Du-Joon.

Je penche mon visage et je vois Choi Du-Joon et Yoon Dae-Hyun qui se tiennent à quelques mètres de nous, les yeux rougis également. Je m'écarte de Pak Jung-Hwa et m'approche des deux garçons. Ils me prennent par surprise et me serrent dans leurs bras.

— Tu vas me manquer ! me dit-il.

— Vous allez tous me manquer, lui dis-je.

— J'espère que l'on te reverra bientôt ! me dit Yoon Dae-Hyun.

Je lui souris et souhaite, du fond du cœur, les revoir rapidement. Emmy arrive en courant et saute dans leurs bras.

— Dis-leur qu'ils vont me manquer ! me demande-t-elle de traduire.

— Emmy me demande…

Yoon Dae-Hyun frotte le haut u crâne d'Emmy et me dit qu'elle aussi va leur manquer.

Emmy comprend vite ce qu'il vient et dire et lui sourit. Je me retourne et lui fais face à nouveau. Je m'approche de lui et le serre à nouveau dans mes bras. Je n'ai jamais eu un sentiment de manque aussi prononcé que celui que je ressens actuellement. Je soulève mon visage pour regarder Pak Jung-Hwa dans les yeux et il commence à retirer son masque. Se penche et m'embrasse aussi fort et doux qu'il le peut. Je sens son visage s'humidifier et mes larmes coulent davantage. Il relève à nouveau sa tête et ses yeux sont d'un rouge vif. On souffre tous les deux de cette séparation. Ce qui m'attriste encore plus. J'ai encore du mal à réaliser qu'il est devenu l'artiste que j'admirer, autant que ses talents que sa force qu'il a pour se surpasser, à un homme pour lequel j'éprouve de forts sentiments.

L'hôtesse de vol, gêné, nous dit que c'est vraiment le dernier moment et qu'il absolument monter dans l'avion.

— On arrive ! lui dit Emmy.

— Je vais devoir y aller ! dis-je à Pak Jung-Hwa.

Pak Jung-Hwa me tend un papier et me dit que c'est son numéro de portable. Une lettre est dans le paquet mais il a oublié de le noter.

— Je l'enregistrai une fois à bord, dis-je, le mettant dans ma poche.

Il me serre une toute dernière fois dans ses bras et me libère à contrecœur. Ma main encore dans celle de Pak Jung-Hwa, je fais signe aux garçons et à monsieur Yu une toute dernière fois. Je lâche sa main aussi lentement que possible et mon cœur serre tellement fort dans ma poitrine que ça me fit mal. Mes yeux me piquent à nouveau et mes larmes coulent à nouveau. J'avance à pas lourd et avant que l'hôtesse ne ferme la porte, je me retourne une dernière fois.

— Il faut qu'on monte, Amanda, me dit Emmy.

— Je sais ! lui dis-je.

L'hôtesse nous installe à nos places et ma tête commence à tourner. Un Stuart s'approche de nous et nous demande de le suivre parce que nous avons été surclassés.

— Comment ça, surclassés ? lui demande Emmy.

— Oui, quelqu'un vous a sur classé en première classe !

Avec Emmy on se regarde et je lui dis que ça doit être sûrement une erreur. Je regarde à nouveau le Stuart et lui demande si ce n'est pas une erreur.

— Non ! c'est à la demande d'un certain monsieur Yu ! nous dit-il.

— Hein ! dit Emmy, en me regardant !

— C'est Pak Ju... On vous suit ! dis-je.

Nous suivons le Stuart à nos nouvelles places et installer dans nos sièges il nous dit que si nous avons besoin de lui, il ne faut pas hésiter une seconde et d'appuyer sur le bouton qui nous indique.

— Merci, monsieur ! lui dit Emmy.

Pak Jung-Hwa nous a surclassés. Je fouille mes poches à la recherche de son numéro, je ne le trouve pas. Je commence à paniquer et fouille toutes mes poches et mon sac à dos, mais là aussi, rien !

— Ce n'est pas possible !

— Qu'est-ce qu'il y a ? me demande Emmy.

— Son numéro, je l'ai perdu !

Chapitre 47
Trois mois plus tard

Aujourd'hui ça fait trois mois, treize heures et sept minutes que je suis revenue de Corée. Chaque jour je me fais souffrance pour aller au travail et sourire. Emmy est restée avec moi, une semaine de plus à notre retour, s'assurant que je vais bien. Faire semblant, chaque jour, me demande beaucoup d'énergie et je suis énormément fatigué.

Arrivée chez moi, il m'a fallu quelques jours pour ouvrir le cadeau de Pak Jung-Hwa. Quand j'ai trouvé le courage de l'ouvrir, un écrin rose poudré s'y tenait à l'intérieur. La boîte accueillait un magnifique collier en argent avec deux petites branches d'arbre orné de trois petits diamants sur l'un d'eux. Après l'avoir mis à mon cou, il ne m'a plus jamais quitté. Une enveloppe était au fond du paquet, et après l'avoir lue, je me sentis encore plus mal.

Un mois après mon retour au travail, Maxime a vu que quelque chose n'allait pas. J'ai commencé à dormir au travail, dû à mon manque de sommeil. Chose que je n'ai jamais faite et mon travail est une catastrophe. Un jour il m'a convoquée dans son bureau et m'a demandé ce qui n'allait pas. J'ai refusé de lui en parler et il m'a conseillée un médecin pour m'aider à mieux dormir la nuit. Malheureusement, il n'a pas pu m'aider. Ce qu'il

185

m'a dit me restera en mémoire : « Mademoiselle, je ne peux vous aider ! Il faut accepter ce qui vous tracasse ! » Je n'accepte pas ma maladresse. À ce jour, je n'ai toujours aucune nouvelle de lui, malgré de nombreux appels et trois lettres. Même mes réseaux sociaux n'ont aucun message, rien !

Je n'ai pas revu mes amis depuis mon retour. Je refuse qu'ils me voient dans cet état. Ilan me harcèle au téléphone, Justine et Méline en font de même. Lili s'inquiète de ne plus me voir. Je les ai rassurés et leur ai seulement dit que j'ai énormément de mal à récupérer dû au décalage horaire. Que j'ai besoin de me reposer. Je n'aime pas mentir mais si je leur dis une partie de l'histoire ils vont s'en faire pour moi et je veux pas.

Il y a deux semaines, Maxime m'a convoquée dans son bureau. Ce jour-là, il m'a dit qu'il n'allait pas avoir le choix de me mettre au repos forcé. Que je ne pouvais pas continuer à venir travailler comme ça. « On dirait un zombie », m'avait-il dit. Il se doutait que je ne mangeais plus à la suite d'une autre perte de poids. Je l'ai supplié de ne pas me mettre au repos et j'ai promis de fournir des efforts. Et surtout de me concentrer à nouveau sur mon travail. « Je ferais tout ce qu'il faut mais laisse-moi continuer à venir travailler ! » l'avais-je, supplié.

Dans mon désespoir, il m'a donné un mois pour m'améliorer. Si ce temps s'écoulait et aucun changement n'était fait, même minime, c'était repos forcé et je n'aurais pas mon mot à dire. Après avoir quitté son bureau, j'étais rentrée chez moi et j'y ai fortement réfléchi. Il n'avait pas tort, je ne pouvais pas continuer à vivre comme ça. Le lendemain de cette entrevue, j'avais pris rendez-vous avec ma psychologue, mais elle n'avait pas de place avant un mois mais m'a donné des exercices de méditation à faire en attendant le rendez-vous. J'en ai fait part à Maxime et il m'a laissé deux mois au lieu d'un, au vu de la date du rendez-vous.

Avec les exercices de méditation, il y a un léger progrès. Maxime a vu que je commençais à sourire de nouveau, même si par moment ça me reste très compliqué. Me nourrir m'est encore difficile mais petit à petit j'y retrouve goût.

Ce qui est de Pak Jung-Hwa, je garde toujours espoir qu'il me contacte un jour où qu'il m'écrive. Ce que je ne comprends toujours pas à ce jour, c'est pourquoi il n'a pas essayé de me contacter sur mes réseaux sociaux. Même si je ne publie rien, il sait que je suis connectée et que je réponds aux messages.

Pause déjeuner, je file chercher ma voiture et grande surprise, elle est filmée par du film étirable. Voyant toute l'équipe se cacher, j'en chope un derrière une voiture et lui tire l'oreille.

— Aïe ! Tu me fais mal, me dit Michel.

— Où sont tes complices ? lui dis-je.

J'essaie de garder mon sérieux comme je le peux mais j'ai qu'une envie c'est de rire. Leurs blagues m'avaient manqué. Hugo sort de l'atelier en rigolant.

— C'était soit ça soit de la peinture ! me dit Hugo.

— Même pas en rêve ! lui dis-je, en rigolant

Hugo est surprise de me voir rigoler.

— Mais attend tu rigoles ? me demande Hugo.

— On dirait bien ! lui dis-je.

Voir les autres sortir de leurs cachettes, ils me prennent tous ma voiture en photo.

— Ça fait plaisir de te voir sourire ! Depuis des mois, on aurait dit un zombie ! me dit Bobby.

— Qui a eu l'idée de filmer ma voiture ? leur demandais-je.

— Euh… Lui ! disent-ils tous en même temps.

Personne ne montre la même personne. J'en déduis que l'idée vient de tout le monde. J'ai vraiment une sacrée équipe.

— Vous allez m'aider à tout retirer ?

Ils se frottent tous la tête et retournent tous à l'atelier à grands pas.

— Vous allez le payer ! Je vous le promets ! ai-je crié.

Étant en congé ce soir, j'ai beaucoup de papiers à faire avant de partir. Donc je vais vite terminer de retirer le film étirable, rentrer et n'ayant pas très faim, je vais me poser.

Chapitre 48
Je te crois… ou pas !

Faisant le point avec Maxime avant de partir, les garçons viennent me souhaiter de passer de bonnes vacances. Je les remercie et ramasse mes affaires dans mon bureau. Je m'avance vers ma voiture et entends que l'on cri mon prénom, dans mon dos. Je me retourne et aperçois Ilan courir vers moi.

— Ben, bouclette, que fais-tu ici ?

— Je suis venue squatter ton appartement pour le week-end !

Je regarde Ilan attentivement et à son regard je sens qu'il a dû se passer quelque chose chez lui.

— Tu t'es encore disputé avec ta mère ?

— Non ! Avec mon père ! Je t'expliquerai plus tard.

J'acquiesce d'un signe de tête et pars enfin pour mes quinze jours de congés.

Avoir un invité de dernière minute me force à aller au centre commercial y faire quelques courses pour le week-end. Avoir Ilan pour le week-end, me remontera le moral.

Arrivée chez moi, Ilan m'aide à porter les courses jusqu'à l'intérieur et range tous les achats à leur place. Une fois les emballages retirés, je demande à Ilan de m'accompagner au local-poubelle. Chose que je n'aurais pas dû lui demander, parce qu'il m'enferme à l'intérieur. L'odeur est vraiment insupportable.

— La porte s'ouvre de l'intérieur, idiot !

— Merde !

Ilan a de la force, je vais devoir mettre en œuvre toutes mes forces pour le faire reculer, pour que je puisse sortir. Je me prépare à me lancer pour enfoncer la porte puis dans mon élan la porte s'ouvre. Je me rattrape au bras d'Ilan et il éclate de rire. Je le regarde tout en prenant de grande bouffée d'air frais.

— Tu verrais ta tête ! Tu es toute blanche !

— Le manque d'oxygène, tu connais ? Tu es vraiment un abruti !

Il en rigole tellement que je me mets à rigoler à mon tour. Je referme la porte et je n'ai pas fait la moitié d'un pas qu'une silhouette apparaît devant moi. C'est un homme. Il porte des baskets blanches, un jeans noir, une veste en cuir avec une chemise noire qui y dépasse accompagné d'une écharpe épaisse noire. Quand mon regard croise le sien, ma tête commence à tourner à ne plus savoir bouger. Je sens Ilan me rattraper et mes yeux se ferment.

Mes paupières sont lourdes. J'ai énormément de mal à les ouvrir mais une fois ouvertes, je vois un plafond blanc et une perfusion. J'ai également du mal à bouger le reste de mon corps. Bouger mes doigts, j'ai déjà vu ça dans les films. J'essaie et je pense que j'y arrive parce que je vois le visage de ma mère apparaître devant moi. Sa voix est très floue dans mes oreilles. Toutefois je sens sa main caresser mes cheveux et ça me réconforte de savoir qu'elle est ici alors que j'ignore pourquoi je suis à l'hôpital.

Deux heures après mettre réveillée, le médecin revient me voir et me fait à nouveau des contrôles. Il m'apprend que je suis restée inconsciente deux jours entiers à la suite d'un choc émotionnel. Mais je ne me rappelle rien du tout après ma sortie du travail. En tout cas, ma mère, Emmy, Ilan ne m'ont pas quitté et Chris est arrivé peu de temps après qu'Ilan l'ait prévenue de mon réveil.

— Tu ne te souviens vraiment de rien ? me demande Emmy.

— Je me souviens avoir dit au revoir aux gars puis plus rien !

Emmy regarde ma mère et je sens que tout le monde me cache quelque chose.

— Vous me cachez quelque chose, n'est-ce pas ? leur demandais-je.

— Euh… dit Emmy.

— Repose-toi, ma chérie ! Tu en as besoin. On t'en parlera plus tard ! me dit Chris.

Je regarde Ilan et voyant l'expression sur son visage j'ai dû faire quelque chose qui n'a pas dû lui plaire. Parce qu'il a l'air vraiment en colère contre moi.

— Et toi… Tu ne m'as pas adressé la parole depuis que je suis réveillée.

Ilan me jette un regard noir puis quitte la chambre, furieux.

— Tu le connais, il a eu peur et ne sait pas comment te le dire, me dit Chris.

— J'ai discuté avec lui, il tient beaucoup à toi ! me dit ma mère.

Ilan discuter ? Ce n'est pas son genre. Enfin bref ! Ma mère m'aide à me lever pour aller aux toilettes. En sortant, je décide de rejoindre Ilan dans le couloir. Mes yeux cherchent après lui et je le remarque à une dizaine de mètres devant moi, assis sur les chaises. Quand j'arrive à sa hauteur il ne prend même pas la peine de me regarder.

— J'ai fait quelque chose de mal ?

Ilan se lève, son regard plongé dans le mien, je vois qu'il est fortement en colère contre moi. Mais derrière cette colère je peux voir également qu'il est déçu. Déçu ? Qu'ai-je fait pour qu'il soit déçu ? Ça fait deux heures que j'essaie de me souvenir mais rien ne me revient. Je ne comprends pas son comportement envers moi.

— Tu veux vraiment savoir ce qu'il se passe ? me demande Ilan.

Pour la première fois en cinq ans, Ilan me fait peur. Il ne m'a jamais crié dessus comme il vient de le faire. Il n'a jamais été aussi en colère contre moi comme maintenant. Je l'ai déjà vu dans cet état mais pas envers moi. Cependant je ne pensais pas qu'un jour ça allait nous arriver.

— Ilan ! crie Emmy.

Je me retourne et regarde Emmy. Son regard est en direction d'Ilan et elle le supplie du regard de se taire. Je me retourne à nouveau vers Ilan. Son regard retombe sur moi.

— Vous allez me dire ce qu'il se passe maintenant !

J'ai tellement crié fort que tout le monde dans le couloir s'est arrêté pour m'observer. Je sens tout leur regard me dévisager mais je veux tellement savoir ce que j'ai oublié que je me fiche de leurs pensées. Ilan lève sa main en direction d'Emmy et me regarde droit dans les yeux.

— Si tu veux tellement le savoir, demande à ta sœur !

— Quoi ?

— Elle a quelque chose à te donner, me dit Ilan.

Quelque chose à me donner ? C'est quoi encore cette histoire ? Pourquoi ne me l'a-t-elle pas donné plutôt ? Je me retourne et me dirige vers Emmy. Sous le regard de tout le monde, de Chris et de ma mère, Emmy se met à pleurer. Pourquoi pleure-t-elle ?

— Excuse-moi ! J'avais promis d'attendre que tu ailles mieux ! me dit-elle.

Je regarde Emmy sans savoir quoi lui dire à ce qu'elle vient de prononcer. Emmy prend ma main et y met un morceau de papier plié en deux dans le creux de la mienne. Je la regarde et déplie ce fameux morceau de papier. Mon corps se met à trembler, il menace de perdre l'équilibre et en quelques secondes, sans que je comprenne comment, tout ce qu'il s'est passé durant cette soirée me revient en mémoire. Le local à poubelle, la blague d'Ilan puis lui ! Il était là ce fameux soir, devant moi ! Emmy me rattrape et, dans ses bras, je la regarde.

— Je ne te crois pas !

— Amanda ! Il est vraiment ici ! me dit Emmy.

— JE NE TE CROIS PAS ! criai-je.

Une infirmière arrive et demande ce qu'il se passe. Emmy lui explique que je viens d'apprendre quelque chose d'important et qu'il faut juste me laisser réaliser.

— Mon sac… mon sac, il est où ?

— Dans la chambre, me répond Emmy.

Emmy m'aide à rentrer à nouveau dans la chambre. Je vide entièrement mon sac sur le lit et fouille mon portefeuille.

— Tu cherches quoi ? me demande ma mère.

Je lève mon visage et regarde ma mère.

— Quelque chose d'unique !

— C'est en rapport avec ce garçon ?

— Tu l'as vu ? lui demandais-je

Ma mère regarde Emmy, comme pour lui demander son accord de parler puis Emmy s'approche de moi.

— Tout le monde l'a vu ! Mais ne connaissant que moi, il n'a voulu que me parler.

Je n'arrive vraiment pas à les croire. Je trouve enfin ce que je recherche et compare les deux morceaux de papier. Pas de doute ! C'est la même écriture.

— Il est où ? demandais-je.

— Tu ne peux pas sortir ! me dit Chris.

Puis-je vraiment les croire ? Si c'est une mauvaise blague de leur part, j'en mourrais. Ça fait plus de trois mois que j'attends ce moment. Chaque seconde éloignée de lui me tue de plus en plus. Dans la précipitation, j'enfile mon jeans et mon pull.

— Emmy va voir le secrétariat et dis-lui que je sors.

Emmy quitte la chambre et ma mère m'attrape mes deux bras pour m'arrêter dans ma lancée.

— Tu ne vas pas sortir ! Compris ! Tu viens de… commence à dire ma mère.

— Maman ! je t'en prie… Laisse-moi le retrouver !

Ma mère me lâche les deux bras et prend mon visage entre ses mains.

— Mais tu vas me dire qui est ce garçon à la fin ?

— C'est l'amour de sa vie ! répond Emmy.

La phrase d'Emmy m'a autant surprise que Chris et ma mère. Est-ce vraiment l'amour de ma vie ? Je ne peux le dire mais ce qui est certain c'est qu'à cet instant précis, je ne veux qu'être auprès de lui.

— L'amour de sa vie ? disent Chris et ma mère.

Emmy me regarde et je la supplie du regard de ne pas en dire plus.

— Le secrétariat fait tes papiers ! me dit-elle.

Emmy m'aide à remettre toutes mes affaires dans mon sac et avant de quitter la chambre, je me retourne et cours serrer ma mère dans mes bras.

— Désolée ! Mais je dois le retrouver !

— C'est vraiment l'homme de ta vie ? me demande ma mère.

— Je te dirais ça quand je le verrais !

Ma mère serre ses bras autour de moi et m'embrasse la joue. Je m'écarte d'elle. Au passage, je serre également Chris dans mes bras. Le médecin ne veut pas que je sorte et je lui signe une dérogation de sortie. Je signerais tous les papiers du monde pour le retrouver.

Chapitre 49
Trois mois, quinze jours,
huit heures et douze minutes

Ne me sentant pas capable de conduire, je laisse le volant à Emmy. Elle se gare juste devant l'hôtel et mes mains tremblent tellement qu'Emmy me les prend et me rassure comme elle le peut.

Dans le hall, je me dirige vers l'accueil et lui demande le numéro de chambre de monsieur Yu. L'hôtesse m'indique l'étage et le numéro de chambre. Dans l'ascenseur, je me dis que ça doit être un signe. Il est dans la chambre treize et au neuvième étage. Je suis née un treize septembre. Arrivé devant la chambre, je regarde Emmy et ma main toque à la porte. La porte s'ouvre et mon cœur s'arrête durant une courte seconde. Monsieur Yu se tient devant moi. Surpris de me voir, il me regarde les yeux grands ouverts et finit par me sourire.

— Madame Blink, ravie de vous revoir !

— Également !

— Si vous cherchez monsieur Pak, il est sorti prendre l'air. Il attendait votre texto, madame Emmy.

Je me mets à courir vers l'ascenseur et appuie sur le bouton. Emmy crie après moi. Les portes s'ouvrent et je monte sans réfléchir. Emmy arrive juste avant qu'elles ne se referment et l'ascenseur descend. Il n'est pas assez rapide à mon goût et je ne peux que contenir mon angoisse de le revoir après tout ce temps.

Je cours à travers le hall, devant tous les clients et employés. Une fois dehors, je me rends compte que je ne sais pas où il peut se trouver.

— Amanda ! me dit Emmy.

Je me retrouve pour la regarder et je vois qu'elle est essoufflée. Son visage est tout rouge.

— Ça va ? lui demandai-je.

Je veux tellement le retrouver que je n'ai pas pensé à Emmy un seul instant. Emmy pose une main sur sa poitrine et reprend sa respiration. Puis mon bras se tend.

— Regarde ! me souffle-t-elle.

Mon regard passe par son bras, la façade de l'hôtel et les passants dans la rue. Puis cherchant bien, il se tient devant moi, les yeux injectés de sang. Une boule se forme dans ma gorge, mon cœur se serre et mon ventre se tend. Il retire ses mains de ses poches et mes jambes se mettent à courir. En une fraction de seconde, mes jambes et mes bras se retrouvent accrochés à lui. Je sens ses bras m'enlacer et me serrer aussi fort qu'il le peut. Trois mois, quinze jours, huit heures et douze minutes que je contiens mes larmes, ma douleur et que je paie mon côté maladroit. À cet instant précis, le compte à rebours s'est arrêté.

— Ça doit être un rêve ! dis-je.

— Si c'est un rêve, je t'en prie, permets-moi de rester ! me répond-il.

Je ne sais pas comment je dois interpréter ce qu'il se passe en ce moment. Suis-je vraiment entrain de rêver où est-ce vraiment la réalité ? Si c'est un rêve, je ne veux absolument pas me réveiller. Je veux rester ici, avec lui. Pak Jung-Hwa écarte mon visage de son cou, à l'aide de sa main et ressuie mes larmes sur mon visage. Mes yeux plongeaient dans les siens je remarque que son visage n'est pas le même qu'avant. Il est plus bouffi et présente des cernes, alors qu'il n'en avait pas avant. Pak Jung-Hwa me fait descendre et me serre à nouveau dans ses bras. À ma hauteur, je peux entendre son cœur battre dans sa poitrine et sentir la chaleur de son corps au contact de ma joue.

Emmy me fait sortir de ma bulle, spéciale Pak Jung-Hwa et je reviens doucement à la réalité. Je me retourne et vois Choi Du-Joon et Yoon Dae-Hyun. Tous deux me regardent, accompagnés d'un sourire puis dans leur regard je pense apercevoir du soulagement. Pourquoi du soulagement ? Qu'a-t-il pu bien se passer ces trois derniers mois de leur côté ? Je poserais toutes mes questions plus tard, ce n'est vraiment pas le moment.

— Monsieur Yu nous a dit que tu étais là ! me dit Choi Du-Joon.

— Du coup on a couru aussi vite que possible pour te rejoindre, rajoute Yoon Dae-Hyun.

Je n'arrive à prononcer aucun mot et leurs souris uniquement.

— En tout cas, heureux de te revoir ! me dit Yoon Dae-Hyun.

— Moi aussi ! dis-je.

Les garçons proposent de monter dans la chambre et cela soulagea Yoon Dae-Hyun de son mal-être.

À l'intérieur, je m'excuse auprès de monsieur Yu d'être partie comme une voleuse. Avec un grand sourire il me confesse qu'il ne m'en veut pas. Qu'au contraire il a tout à fait compris ma réaction. Je regarde la chambre et je vois que c'est plus une suite qu'une simple chambre. Il y a un coin salon avec télévision. Une salle à manger avec une table pour accueillir six personnes. Et six portes le long des murs. La décoration reste, quant à elle, très simple. Blanc cassé et beige, avec une pointe de doré sur le mobilier.

Les garçons préparer un café pour Emmy et moi mais incapable de lever mon bras, je sens une chaleur monter en moi et la transpiration couler sur mes joues. Emmy me regarde, écarte la tasse de mes mains.

— Ça va ?

— Pas tellement ! lui dis-je.

Je sens les regards de tout le monde se poser sur moi.

— Je ne me sens vraiment pas bien, Emmy !

Jung-Hwa vient à ma hauteur et pose une main sur mon front ainsi que sur mes joues.

— Prépare-moi un bol d'eau et des serviettes, elle a de la fièvre ! dit Jung-Hwa.

Il m'aide à me lever et m'installe dans une des chambres.

— Faut faire baisser ta température !

Emmy se tient derrière lui et me regarde inquiète !

— Tu n'aurais pas dû quitter l'hôpital en fin de compte !

— Ça va aller, c'est juste une fièvre !

Yoon Dae-Hyun rentre dans la chambre avec un bol d'eau et de petites serviettes. Jung-Hwa commence à m'en placer une sur mon front, puis hésite un instant.

— Qu'est-ce qu'il y a ?

— Demande à ta sœur de t'en mettre une sur le torse.

Gêné, il quitte la pièce et je passe l'échange à Emmy. Elle s'exécute sans discuter. Emmy change la serviette placée sur mon front et mes paupières deviennent tellement lourdes que je m'endors.

Chapitre 50
Ma maladresse

À mon réveil, Jung-Hwa se tient à mes côtés. Assis sur un pouf et sa main placée dans la mienne, il dort. Je ne suis pas dans un rêve finalement, c'est vraiment réel ce qu'il m'arrive. Je caresse ses cheveux et ses yeux s'ouvrent doucement avec un sourire.

— J'ai dormi combien de temps ?

Il regarde sa montre et me regarde à nouveau.

— Environ quatre heures !

— Emmy est où ? lui demandais-je.

— Dans le salon !

Jung-Hwa se lève et m'embrasse le front. Il quitte la pièce et Emmy fait son apparition quelques secondes plus tard.

— Tu te sens mieux ?

— Un peu !

Emmy m'explique qu'elle est allée me chercher des vêtements de rechange et que ma mère m'attend chez moi. Emmy me dit, aussi, qu'elle n'a rien dit à notre mère pour ma fièvre pour ne pas l'inquiéter. Mais qu'elle a dû tout lui dire sur notre voyage en Corée. Maman ! Elle a dû se poser des centaines de questions après que j'ai brutalement quitté l'hôpital et sur ce qu'Emmy lui a dit. Emmy me rassure me disant que notre mère attend juste mon appel.

Emmy me ramène mon portable et j'appelle ma mère pour la rassurer. Il n'a pas fallu plus d'une sonnerie pour qu'elle décroche et me cri dessus. Je la laisse se défouler sur moi et une fois qu'elle est terminée, elle me dit qu'elle a tout à fait compris ma réaction. Que si c'est vraiment l'amour de ma vie, j'ai bien fait de quitter l'hôpital même si c'était imprudent de ma part. La communication avec ma mère terminée, je quitte la chambre pour rejoindre les garçons au salon.

— Faut que je vous parle ! leur dis-je

Les garçons acceptent et Emmy me tend un café pour m'aider à me réveiller. Après une gorgée bien chaude, je commence mon récit. J'explique qu'une fois dans l'avion un Stuart nous a dit que l'ont été surclassé. Pour le remercier j'ai voulu lui envoyer un texto. Mais que j'avais perdu son numéro de téléphone. Je savais que l'accueil du label était fermé car notre vol était très tard ce jour-là. J'ai dû attendre d'être en France pour les appeler.

Les garçons ne prononcent aucun mot et reste attentif à mon histoire. Je continue et je leur dis que j'ai essayé pendant plusieurs jours de contacter l'accueil mais que la secrétaire refuser de communiquer mon message à Jung-Hwa ou à leur manager car je n'avais aucune preuve de mes dires. Après quinze jours d'essai au téléphone, j'ai eu l'idée de lui écrire trois lettres et d'attendre une semaine, entre chacune. Je me suis dit qu'elles iront avec le courrier des fans et qu'il tomberait bien dessus un jour ou l'autre. Mais je n'ai jamais eu de retour de sa part. Je lui avoue que j'ai perdu espoir, il y a environ quinze jours, quand Maxime m'a dit qu'il allait me mettre au repos forcé. Mon regard se dirige vers Jung-Hwa et pour continuer mes aveux.

— Il n'y avait que toi qui compter dans ma tête !

À son tour, Jung-Hwa et les garçons m'expliquent qu'ils ne comprenaient pas pourquoi je ne l'avais pas contacté et qu'il devait bien avoir une raison. Jung-Hwa mentait pendant ses interviews et disait qu'il était très fatigué ces derniers temps. Cependant, c'est parce qu'il avait le cœur brisé. Il avait la responsabilité d'être une super star mais son cœur était ailleurs ces trois derniers mois. Il m'explique également qu'après avoir reçu mes lettres, il y a seulement une semaine, il a demandé à son service de me contacter sur Facebook mais que je n'ai jamais répondu au message. Par réflexe je regarde mes demandes d'invitation sur Messenger mais je ne vois aucun message. Jung-Hwa me montre la page et je comprends mieux pourquoi je n'ai jamais répondu.

— C'est mon ancien Facebook !

Je lui explique que j'ai perdu mon mot de passe de cette adresse électronique et de ce Facebook et que par la suite j'ai dû créer un autre, avec un pseudonyme.

— Je comprends mieux ! me dit-il, rassuré.

Je suis mal à l'aise de ma maladresse. Cette situation n'a pas été facile pour nous deux. Une main vient se poser sur mon menton et mon visage se relève.

— Qu'est-ce qu'il se passe ? me dit-il, calmement.

— Je suis désolé ! lui dis-je.

Dans un moment d'hésitation, je n'ose lui dire mon sentiment de gêne. Mais je me dis, également, qu'il a le droit à la vérité.

— De ma maladresse ! lui dis-je.

— Le principal, c'est qu'on se soit retrouvé !

Yoon Dae-Hyun me demande de le suivre dans la salle à manger, ce que je trouve un peu bizarre car il affiche un air sérieux. Il me demande de l'aider à faire un rafraîchissement pour tout le monde. Au comptoir, il commence à me dire que ça n'a pas été facile pour Jung-Hwa ces trois derniers mois. Ils ont vécu l'enfer, même leur manager a dû le rappeler à l'ordre plusieurs fois. Jung-Hwa n'était plus lui-même et faisait énormément de cauchemars à propos de moi. Quand il a reçu mes lettres, il n'a pas hésité une seconde à quitter la Corée pour me retrouver. Choi Du-Joon et Yoon Dae-Hyun ont choisi de l'accompagner par précaution et surtout pour aider leur ami. Il m'explique aussi qu'ils sont dû partir en secret. Ça leur a pris une semaine pour tout planifier.

Chapitre 51
J'ai blessé mon ami

Après avoir discuté avec les garçons, un prénom me revient en tête, Ilan ! J'ai blessé mon ami avec mon secret et je lui dois des explications. Emmy me sort de mes pensées et me demande à quoi je pense.

— À Ilan ! Je lui dois des explications.

— Euh... À propos de lui, je dois te dire quelque chose !

Emmy m'explique qu'en perdant connaissance, Ilan a contacté les pompiers. Quand ils sont arrivés à l'hôpital, Jung-Hwa lui a demandé de contacter Emmy, via le traducteur. Avec l'accord de Pak Jung-Hwa, Emmy lui a tout expliqué. Elle lui a également détaillé les trois derniers mois que je viens de passer. Ilan s'en veut également de n'avoir pas poussé sa curiosité plus loin et de ne pas avoir été là pour moi. Emmy a essayé de lui faire comprendre que j'avais promis de ne rien divulguer sur les garçons. Têtu, Ilan ne l'a pas entendu de cette oreille et maintenant il m'en veut beaucoup. J'ai déçu mon ami et je ne peux que m'en vouloir.

— Je connais Ilan mieux que personne. Retrouver sa confiance ne sera pas chose facile.

— C'est ton meilleur ami depuis cinq ans, il comprendra même s'il est têtu comme une mule !

Emmy à raison ! Je prends mon portable et envoie un texto à Ilan avec l'adresse de l'hôtel. Je sais qu'il se fait déjà tard mais je sais qu'il viendra. Je préviens les garçons et Jung-Hwa a un regard inhabituel. C'est vrai que je ne lui ai parlé d'Ilan qu'une seule fois et je me souviens qu'il n'avait pas l'air rassurer que j'aie un ami garçon.

Un peu plus tard, le téléphone de la chambre sonne et Choi Du-Joon répond. Raccrochant il me regarde et me dit qu'une personne m'attends.

— Ilan est en bas, je reviens ! dis-je à Emmy.

— Tu veux que je vienne avec toi ? me demande-t-elle.

— Seule moi peux lui expliquer les choses !

Emmy me répond seulement d'un signe de tête et je quitte la chambre. Le stresse monte en moi parce que je ne sais pas comment je vais lui expliquer la situation.

Dans l'ascenseur je prends plusieurs grandes bouffées d'air et les portes s'ouvrent. Je quitte l'ascenseur et vois Ilan attendre au salon du hall d'accueil. Positionné devant lui, Ilan se lève et prend ma main pour aller dehors. Ilan me fait face et son regard est plus noir que ce matin. Aussi calmement que possible, je lui présente mes excuses et, avant que je puisse commencer à lui expliquer, il me coupe la parole, furieux.

— C'est tout ? Tu es désolé ! me demande-t-il.

— Tu veux que je te dise quoi d'autre ?

— Tu aurais dû me dire ce qu'il t'arrivait depuis ton retour de Corée !

— Je ne pouvais pas ! lui dis-je.

Ilan me regarde, étouffe un rire nerveux.

— Tu ne pouvais pas ou tu ne voulais pas ? me demande-t-il.

— Je ne pouvais pas ! J'avais promis de ne rien dire à quiconque !

Ilan me reproche de trop tenir mes promesses et que c'est agaçant par moment. Il me reproche également de ne pas avoir eu asse confiance pour tout lui dire. J'essaie en vin de lui expliquer une dernière fois que je ne pouvais pas et que dans tous les cas il n'aurait rien pu faire d'autre de ce que j'ai pu faire pour avoir un contact avec l'une des plus grandes stars de la K-Pop.

— Tu me fais perdre mon temps ! me dit-il, sèchement.

— Ilan ! criais-je.

Ilan s'éloigne de moi et je me sens impuissante face à sa blessure. Je sais que j'aurais pu avoir confiance en lui mais j'ai fait une promesse. Je le regarde s'éloigner de moi et je crains d'avoir perdu mon meilleur ami.

Je remonte dans la chambre, l'air abattu se voit partout sur mon visage.

— Amanda ? me demande Emmy.

Je la regarde un instant, les trois garçons m'observent et je continue ma route jusqu'à la chambre. Je ferme la porte derrière moi sans allumer. Je m'assieds sur le lit face à la fenêtre et regarde la lune à travers la fenêtre. J'entends que l'on toque mais je ne réponds pas. Sans avoir fait attention, Emmy se tient devant et s'à genoux devant moi.

— Qu'est-ce qu'il s'est passé ?

— Emmy, j'ai peut-être perdu mon meilleur ami !

Emmy se met à ma hauteur, toujours à genoux, et me serre dans ses bras.

— Ne dis pas ça ! Il est juste en colère, me dit-elle.

Emmy me fait remarquer que je connais Ilan mieux que personne. Que je suis la seule à le comprendre et qu'elle sait que je compte beaucoup pour lui. Elle me conseille de le laisser se calmer et qu'il reviendra. Je lui rappelle qu'on s'est disputés de nombreuses fois mais qu'il ne m'avait jamais regardée comme il l'a fait ce soir.

— Laisse-lui du temps, tout ira mieux entre vous ! Tu verras ! me dit Emmy.

Je me retiens de ne pas pleurer. Rien que l'idée de perdre mon meilleur ami me fait énormément peur.

— J'ai besoin d'être seule ! dis-je à Emmy.

— Tu es sûre ?

— Hum !

Emmy se relève et quitte la chambre. Seule avec moi-même, je me mets à pleurer. Cette fois-ci, j'entends la porte s'ouvrir et sans me retourner je demande à la personne de quitter la pièce, mais aucune réponse et je vois Jung-Hwa s'asseoir à côté de moi. Je frotte mon visage aussi vite et tente de calmer mes pleures. Jung-Hwa me prend dans ses bras et m'attire vers lui pour s'allonger au bout du lit. Ça m'apaise un peu de le savoir auprès de moi. Il ne prononce aucun mot et commence à caresser mes cheveux pour me réconforter.

Pour la première fois je lui parle à cœur ouvert et lui explique que j'ai sûrement perdu mon meilleur ami et que son amitié compte beaucoup pour moi. Je refuse de le perdre.

— Je sais ! me répond-il, calmement.

— Emmy ?

— Oui !

Quand j'ai quitté la chambre, Emmy lui a expliqué mon amitié avec Ilan. Depuis cinq ans, on est présent, l'un pour l'autre. On se chamaille comme deux frères et sœurs et on se réconcilie comme deux vrais amis. Nos disputes ne durent jamais bien longtemps, notre record est de six secondes. Me serrant à nouveau contre lui et sentir son réconfort, je me sens de nouveau fatigué. Je m'endors doucement dans ses bras.

Chapitre 52
Sa frustration

Le lendemain matin je me suis réveillé dans la chambre de Jung-Hwa. Après m'être préparée, j'explique aux garçons qu'il faut que je rentre chez moi. Que ma mère m'attend.

Emmy est rentrée avec ma voiture la veille, j'ai pris le métro et le bus pour rentrer chez moi. Arrivée chez moi, ma mère est assise sur mon canapé, tasse de café à la maison.

— Enfin ! Tu étais passé où ? me demande-t-elle.

— Je suis désolé, maman !

— Tu peux l'être ! J'ai eu la peur de ma vie ! me dit-elle.

Je regarde ma mère et la serre dans mes bras. Ma mère s'écarte d'un coup de moi et regarde derrière moi avec de grands yeux. Elle pose à nouveau les yeux sur moi.

— C'est... Mais c'est... dit ma mère.

— Oui ! Maman, faut qu'on parle ! lui dis-je, calmement.

Ma mère est à court de mots et se rassoit sur le canapé. Avec l'accord de Jung-Hwa, j'explique tout à ma mère. Mon voyage, notre rencontre et la décision que j'ai prise en Corée. Sans oublier mes trois derniers mois.

— C'est pour lui que tu es partie de l'hôpital hier ? me demande ma mère.

Je regarde Jung-Hwa et explique à ma mère qu'il fallait absolument que je le retrouve. Ma mère observe un instant Jung-Hwa et moi.

— Tu l'aimes vraiment, ce garçon ? me demande ma mère, calmement.

— Plus que tu ne le penses ! répondais-je.

J'emmène Jung-Hwa, je lui explique je vais continuer la conversation seule et l'enferme dans ma chambre. Ma mère n'est pas rassurée de cette relation et me demande si j'y ai bien réfléchi avant de prendre la décision d'être en couple avec une super star. Je regarde ma mère et prends ses mains. Je dis que j'ai pesé le pour et le contre et qu'à chaque question, que je me posais, mes sentiments me rappelaient à l'ordre. Ce qui insupporte ma mère c'est que je ne lui en ai pas touché mot et que j'ai souffert seule, de mon côté.

— Maman, je leur avais promis, lui dis-je.

— Toi et tes promesses ! me dit ma mère.

Oui, moi et mes promesses. Parfois je me demande pourquoi je tiens toujours ma parole alors que certains ne la tiennent pas. Cependant je suis comme ça et pas autrement. Ça fait partie de moi et je ne peux rien y faire. Ma mère commence à crier sur Emmy et lui reproche de ne le lui avoir rien dit non plus.

— Moi ? J'avais promis aussi ! répond Emmy.

— Vous n'êtes vraiment pas sœurs pour rien, toutes les deux ! dit ma mère.

Après cette longue conversation avec ma mère, elle quitte mon appartement et retourne chez sa sœur. Emmy souffle de soulagement et me regarde soulager.

— Elle est restée plutôt calme, tu ne trouves pas ?

— Oui, on peut dire ça ! Je vais le chercher ! lui dis-je.

J'ouvre la porte et les yeux rivés sur mon mur de photos, il se retourne et me sourit.

— Le groupe est partout sur ce mur ! me dit-il.

— Euh… ! dis-je.

Je ne sais quoi lui répondre et je le fais sortir de ma chambre plus vite que l'éclair. Jung-Hwa n'a pas voulu rester trop longtemps et souhaite que je me repose. Il a contacté monsieur Yu pour qu'il puisse venir le chercher parce que rentré comme on est venu, il craint de se perdre. Emmy reste pour la nuit, sans me demander ma permission, forcément. Cette nuit fut la plus reposante, depuis mon retour de Corée. Je dois dire que je dormais peu ou pas du tout.

Chapitre 53
Sacrée journée !

Il s'est écoulé quatre jours depuis ma sortie de l'hôpital et d'avoir retrouvé Jung-Hwa. Pour ne pas perdre son numéro à nouveau, je l'ai directement enregistré dans mon portable.

Comme convenu, Jung-Hwa a visité Paris, hier. Bien évidemment, il a voulu que je l'accompagne. Nous avons passé une super journée, rien que tous les deux. Et je dois dire qu'il a fait des folies, niveau achat. À chaque entrée, il présentait une carte, ce qui nous éviter de patienter dans les files d'attente et surtout de garder sa casquette. Nous avons eu de la chance, personne ne l'a reconnu. Mes yeux sont restés grands ouverts tout le long de ce shopping, à cause des prix. Je n'avais jamais vu des prix aussi exorbitants de ma vie jusqu'à hier. Quatre cent cinquante euros pour un simple foulard Louis Vuitton. C'est le prix de mon loyer et la moitié de mes factures mais il s'est fait plaisir, c'est ce qui compte. J'ai quand même pu m'acheter un bonnet Levi's, cette marque reste dans mes prix pour les petites choses. Mais ce que je n'oublierais pas, ce sont les centaines de photos que nous avons prises de nous.

Quand nous sommes rentrés hier soir, Emmy m'a proposé de faire à nouveau les boutiques aujourd'hui. Je ne suis pas sortie m'acheter la moindre chose depuis notre retour de Corée. Une après-midi avec ma sœur n'est pas de refus. Je n'ai pas tout utilisé l'argent que j'avais prévu pour notre voyage, je vais un peu prendre dessus et m'offrir une tenue. En Ardèche, ils n'ont pas les mêmes boutiques que nous et Emmy voulait découvrir des boutiques dont je lui ai tant parlé. Puis Emmy tient absolument à passer du temps avec moi avant de repartir.

J'ai contacté ma mère hier soir mais elle a refusé cette après-midi shopping avec nous. C'est vrai que ma mère ne fait jamais les boutiques sauf pour la rentrée des classes des enfants.

Jung-Hwa m'a envoyé un texto ce matin, il ne se sent pas très bien et ne nous accompagnera pas cette séance de shopping. Il me souhaite de passer une bonne après-midi et de venir le voir plus tard.

Moi
D'accord ! Fais attention à toi !

J'espère que ce n'est pas trop grave et qu'il ira mieux à ma visite.

Fin de journée, séance de shopping terminé. Emmy m'a épuisée, elle a voulu faire toutes les boutiques d'Euralille. Emmy c'est trouver de magnifiques petites choses et moi une tenue complète à Primark. Emmy me demande d'aller me changer dans les toilettes. Je ne dois pas oublier de me faire toute belle pour Jung-Hwa.

— Ma tenue est très bien ! lui dis-je.

— Va te changer !

Je lui souffle quelque chose et cède à sa demande. Dans les toilettes, je me regarde un instant dans le miroir et je ne trouve rien à dire ma tenue. Un jeans noir, un pull blanc à col roulé et ma paire de converses. Mettre changer c'est fait, j'envoie un texto à Jung-Hwa et le préviens que nous serons là dans environ dix minutes. L'hôtel n'est pas loin mais la circulation en plein centre-ville est une torture.

Sur le parking, Emmy me supplie de la laisser conduire.

— Personne ne conduit ma voiture !

— Dimanche, tu m'as laissée conduire ! dit-elle.

— Il y avait urgence puis je n'étais pas en forme !

— Allez, s'il te plaît, me supplie-t-elle.

Emmy me regarde et ses yeux sont remplis de supplice. Elle joint ses deux mains et se met à genoux. Un homme d'âge moyen passe et sourit à la scène. Je regarde Emmy avec de grands yeux.

— Jusqu'à l'hôtel puis je la récupérer pour rentrer !

— Oh ! Trop bien. Tu es la meilleure ! dit-elle.

Je lui tends les clés et lui demande de se dépêcher avant que je change d'avis. Elle s'installe derrière le volant à la vitesse du vent. Je ne suis même pas encore à l'intérieur qu'elle démarre déjà ma voiture.

— Fais attention à ma voiture !

Voir une autre personne que moi, au volant de ma voiture, me fait bizarre.

Nous arrivons à l'hôtel et Emmy voit Choi Du-Joon assis au canapé. Il nous repère et Emmy lui fait signe. Il s'avance vers nous et nous sourit.

— Oh ! Que fais-tu ici ? lui demandais-je.

Choi Du-Joon me tend un bandana et me demande de l'enfiler sur les yeux.

— Euh… C'est pourquoi ? lui demandais-je.

— Ne me pose pas de question, s'il te plaît ! me demande-t-il, gêné.

Je regarde Emmy et lui demande si elle sait quelque chose. Elle ne prononce aucun mot mais me dit « non » de la tête. Emmy silencieuse ? Je suis sûre qu'elle sait ce qui se trame.

— Ben, mets-le ! me dit Emmy.

— Toi ! Tu sais hein ? lui demandais-je.

— Mais non, je te dis ! dit-elle.

Je regarde à nouveau Du-Joon et accepte de le mettre. Je laisse Emmy et Du-Joon me guider. Après avoir pris l'ascenseur et être arrivé dans la chambre.

— Bon ! Vous allez me dire ce qu'il se passe ? criai-je.

— Tu peux retirer le bandana ! me dit Emmy.

Je retire le bandana de mes yeux et vois ma mère. Je tourne mon regard et y vois les trois garçons et ma sœur.

— Joyeux anniversaire, me crient-ils tous.

— Oh ! Mais c'est quoi tout ça ? demandais-je surprise.

— C'est ton anniversaire, aujourd'hui ! me dit ma mère.

Je regarde ma montre. Surprise, c'est bien mon anniversaire ! La première fois de ma vie que j'oublie mon anniversaire.

— Oh ! J'ai oublié mon anniversaire ! dis-je choquée.

— Oui ma fille ! me dit ma mère.

Je remercie tout le monde, dans les deux langues, pour mon anniversaire, surprise. Emmy s'approche de moi, me prend la main et m'installe sur la table à manger.

— Tiens, il y a certaines personnes qui voudraient te souhaiter un bon anniversaire.

Sur l'écran je vois le reste de mes frères et sœurs accompagnés de Phil.

— Joyeux anniversaire Nana ! crie Emilya.

— Merci ma chérie ! lui dis-je, émue.

Tout le monde me souhaite un joyeux anniversaire et me demande comment je vais après mon séjour à l'hôpital. Je leur souris et leur dis que je me porte très bien. Lucille me demande ce qu'il s'est passé. Je regarde Jung-Hwa et lui réponds que je ne peux rien lui dire pour le moment.

J'ai remercié toute ma famille de leur attention chaleureuse et je déconnecte l'appel Visio. Je ressuis mon visage et je reprends un souffle normal. J'entends que l'on toque à la porte. Emmy court ouvrir et revient le sourire aux lèvres. Je me lève lentement, je n'y crois pas ! Il est là, pour moi. J'ai vraiment de la chance de l'avoir dans ma vie. Je m'avance à pas lourd vers lui et son regard ne me quitte pas. Mon cœur et ma gorge se serrent. Il me tend un paquet sans me sourit mais continue de me faire face.

— Bon anniversaire ! me dit-il.

Je prends le paquet à contrecœur, parce que je ne sais pas si je le mérite avec tous mes secrets.

— Merci, lui dis-je.

— Allez, viens là, dit-il.

Ilan m'attire vers lui et me serre dans ses bras. Il fait quoi là ? En cinq ans, il ne m'a jamais serrée dans ses bras. Il n'est pas tactile du tout en temps normal. Même avec sa copine, il n'est pas comme ça. Je suis tellement surprise, que mes bras restent le long de mon corps.

— Je suis vraiment désolé !

Mes bras montent seuls et le serrent à leur tour.

— Je sais ! On en parlera plus tard ! me dit-il.

— Hum !

Je m'écarte de lui et je le regarde. Il frotte le haut de ma tête comme à son habitude, accompagnée d'un sourire. D'habitude, je ne le laisse pas faire mais fois-ci je ne dis rien et le laisse me décoiffer. Ilan fait le tour et dit bonjour à tout le monde. Entre Ilan et Jung-Hwa, le contact reste froid.

Après avoir bu un verre et manger du gâteau Du-Joon demande à que j'ouvre les cadeaux. J'ai plus de paquets que dans toute ma vie réunie.

— Il y a trop de paquets ! dis-je, dans les deux langues.

J'ouvre les paquets un par un et découvre des vêtements pour l'hiver, des chaussures, des objets de décoration et le foulard Louis Vuitton. Je regarde Jung-Hwa les yeux grands ouverts, gêné, il me sourit.

— Tu es vraiment fou ! Tu connais le prix de ce foulard ?

— J'ai vu qu'il te plaisait, j'ai été très discret en le prenant ! me dit-il.

Je n'arrive pas à le croire. Un foulard au prix de mon loyer. Il est vraiment fou. Je n'ai pas le temps de placer un mot de plus qu'Emmy me le prend des mains et commence à faire la star avec. Elle demande si elle le porte bien. Son action fait rire tout le monde dans la pièce. Ma mère regarde Emmy et lui dit qu'il faudra sûrement qu'elle économise pour s'en acheter un.

— Maman ! Il fait quatre cent cinquante euros ! lui dis-je.

— Hein ! dit-il.

Ma mère a le visage figé par la révélation du prix. Tout le monde la regarde et Dae-Hyun me demande ce qu'il se passe.

— J'ai dit à ma mère le prix du foulard ! leur dis-je.

Jung-Hwa me regarde gêner et je lui souris. J'ai envie de rire mais je vais défiger ma mère.

— Maman ! Est-ce que ça va ?

— Euh… Oui ! Laisse-moi une seconde ! me répond ma mère.

— Ma mère va s'en remettre ! Merci pour ce joli cadeau, lui dis-je.

— Ça me fait plaisir ! me répond-il.

Le dernier cadeau est celui d'Ilan. J'ouvre le paquet et y découvre une boîte bleue. Je le regarde et ouvre la boîte. Un magnifique bracelet, similaire à mon collier, y est soigneusement présenté.

— Il est magnifique, merci ! lui dis-je.

— J'ai pensé qu'il allait bien avec ton collier, me dit-il calmement.

Ilan n'a pas beaucoup parlé, mais rien que sa présence, ça me rassure de ne pas l'avoir perdu.

Cette journée s'achève dans la joie et la bonne humeur. Ma mère est repartie pour ne pas être dans les bouchons sur la voie rapide et elle a proposé de déposer Ilan chez lui. Emmy est restée pour nous aider à tout ranger et nettoyer. Avec tous les vêtements que j'ai eus par les garçons et ma mère, je n'ai plus besoin de faire ma garde-robe pour cet hiver. Je regarde un instant les paquets et me rends compte qu'il n'y a aucune marque de luxe, mis à part le foulard. J'appelle Emmy et lui demande si c'est elle qui a donné l'information, aux garçons, leur précisent que je n'aimais pas les marques de luxes.

— Euh…

— Emmy ? dis-je, allongeant son prénom.

Elle cède et me dit que oui. Qu'elle les a accompagnés à Euralille quand j'étais à Paris avec Jung-Hwa.

— Hein ? Comment ça ?

Elle m'explique qu'ils ne savaient pas quoi m'offrir et qu'ils l'ont contactée par le biais de monsieur Yu pour lui demander de l'aide. Elle leur a indiqué ce que j'aimais. Emmy a également précisé que je n'aimais pas les marques de luxes. Elle leur a précisé qu'il me fallait de nouveaux vêtements pour cet hiver et c'est ce qu'ils sont achetés.

— Tu n'es pas en colère ?

— Non, pas du tout ! lui dis-je, souriante.

Emmy m'observe, sourire aux lèvres.

— Tu as beaucoup changé !

— Comment ça ?

— Tu as l'air... Plus sereine depuis que tu es avec lui ! me dit-elle.

J'observe Jung-Hwa au loin et lui dis qu'il m'apaise beaucoup. Que je me sens plus calme quand je suis en sa compagnie.

— Ben qu'il continue, la bombe à retardement on en avait un peu marre !

— Tais-toi ! lui dis-je.

Je coupe un morceau de gâteau pour monsieur Yu qui n'a pas désiré se joindre à nous, même si j'ai fortement insisté. Je prends un bout de gâteau sur le bout de mes doigts et badigeonne le visage d'Emmy.

— Oh ! Tu as osé, viens ici ! me dit-elle.

Emmy prend le gâteau dans les mains et commence à me courir après. Prise au piège dans un coin, elle me nargue avec le gâteau.

— Non ! S'il te plaît ! Je suis désolée ! Vraiment ! dis-je.

— Il ne fallait pas commencer !

Jung-Hwa demande ce qu'il se passe.

— Aide-moi s'il te plaît, elle veut m'étaler le gâteau sur le visage

Prenant le gâteau des mains d'Emmy et il me regarde.

— Rassurer ? me demande-t-il.

— Oui, merci ! lui dis-je.

Il s'avance vers moi et m'étale le gâteau sur le visage. Je ne m'y attendais pas du tout. Tout le monde rit, sauf moi. Je me ressuis le visage et le regarde.

— Tu vas me le payer !

— Et comment ? dit-il.

— Ne t'inquiète pas ! Je vais bien trouver ! lui dis-je.

Après mettre bien nettoyer et mettre changer, je quitte les garçons et rentre chez moi. Tous les paquets remplissent mon coffre et ma plage arrière. J'ai de quoi tenir pour l'hiver et faudra faire un bon tri dans mes anciens vêtements pour tout pouvoir ranger. Je n'oublierai jamais cette journée.

Chapitre 54
La clé de mon cœur

Dimanche, ma mère et Emmy sont reparties en Ardèche. Elles sont très bien arrivées et Emmy a raconté une partie de l'histoire à Alec. Ce qu'il a très mal pris. Il refuse de me parler pour le moment. Je vais devoir patienter que sa colère descende et que je puisse m'expliquer. Je suis triste à chaque fois que j'y pense. Pour me changer les idées, Jung-Hwa m'a proposé d'aller balader à la mer. Lors d'une conversation en Corée, il s'est souvenu que j'aimais aller à la mer quand je n'allais pas bien.

Le long de la plage et mes pieds baignent dans la mer. Avec cette atmosphère, je réalise enfin ce qu'il représente pour moi et ce que je ressens à chaque fois que je le vois. Il a remué ciel et terre pour me retrouver après avoir reçu mes lettres. Il est avec moi depuis une semaine et je ne peux cacher plus longtemps ce que mon cœur me demande de lui dire.

Je lui lâche la main et au coin de l'œil je vois bien qu'il se demande ce qu'il se passe. Je fais quelques pas et regarde son doux visage.

— Jung-Hwa, tu… tu peux rester où tu es ? J'ai… J'ai quelque chose à dire !

— Hum ! Oui je t'écoute !

— Ne dis rien, écoute-moi seulement le temps que je n'ai pas terminé.

Il me regarde et accepte dans le silence. Incapable de lui dire en face, je me retourne et je regarde l'horizon. Je prends une grande inspiration et prends mon courage à deux mains puis commence à expliquer ce que mon cœur ressent pour lui. Je veux qu'il comprenne l'histoire, dans son entière intégralité et je comme par le commencement. Mon cœur veut lui parler et lui délivrer la clé de mon cœur. Ce qui est très dur pour moi d'accepter mais je ne peux le retenir plus longtemps. Je lui explique la raison de mon état à notre rencontre. Le pourquoi j'étais comme ça avec lui. Je lui raconte que depuis mes quatorze ans je suis dépressif et gère très mal mes émotions. À mes seize ans j'ai fait une première bêtise, puis il y a plus quatre ans j'ai recommencé. Ce qui a coûté mon couple et ma raison d'être. Cette bêtise, je la regrette, c'est pour cela je me suis fait tatouer. Je voulais cacher ma honte et pour que l'on ne me pose aucune question.

Mon regard toujours sur l'horizon, je sens mes yeux me piquer de plus en plus, à chaque parole que je prononce. Je lui avoue que c'est grâce à leur groupe que j'ai recommencé à sourire. Ce simple sourire m'a donné espoir mais surtout, il m'a fait réaliser que je ne n'étais pas une cause perdue. Comme je le pensais. Il en prononce aucun mot et reste dans mon dos. Je continue et lui dis qu'il m'en a fallu du temps pour devenir la personne que je suis devenue aujourd'hui. J'ai repris goût à la vie petit à petit. Mon caractère a changé et c'est renforcé. Une fois prête j'ai repris une formation dans le monde automobile et c'est grâce à cette formation que j'ai connu Ilan. Je le rassure sur la relation que j'entretiens avec Ilan. Je lui dis qu'elle est purement amicale. Je lui explique également comment notre amitié a commencé. Ça ne faisait que 5 mois que nous étions en formation. Un jour il avait reçu un coup de téléphone. Le professeur l'avait autorisé à prendre l'appel. Cinq minutes plus tard, un cri s'était fait entendre dans la cour. Par curiosité, toute la classe s'était mise à la fenêtre pour savoir ce qu'il se passait à l'extérieur. Quand j'ai vu la scène de mes propres yeux, Ilan se débattait avec deux surveillants. Sa propre sœur n'arrivait pas à le calmer, j'ai quitté la classe. Quand je suis arrivée en bas, je ne savais quoi faire ni quoi dire parce que je ne savais pas ce qu'il l'avait mis dans cet état. J'ai simplement crié son prénom et il s'est figé. Je me suis avancé vers lui et il est tombé dans mes bras en larmes. C'est à ce moment précis que notre amitié a commencé. Ilan avait été emmené aux urgences. Dans la soirée, sa sœur m'avait contacté pour m'expliquer ce qu'il s'était passé. C'est là qu'elle m'a appris qu'il venait de perdre son meilleur avis d'un accident de la circulation. Je fais comprendre à Jung-Hwa qu'Ilan est comme un petit frère pour moi et rien de plus. Surtout qu'il est couple depuis bientôt un an et qu'il est heureux avec elle, même s'il ne fait pas voir ses sentiments.

Mes pieds toujours dans l'eau, je les agite et les enfonce dans le sable. J'en arrive à mon voyage.

— Tu as mis un sacré bazar dans ma vie ! lui dis-je

Je continue en lui disant qu'à la seconde où j'ai accepté de manger une glace, je savais que ma vie ne serait plus jamais la même.

Je n'oublie pas de lui parler de ces trois derniers mois. Il connaît déjà une partie. Je lui explique la seule partie, que je n'ai pas m'entonné, lors de nos retrouvailles. Mon chef m'a recommandé un médecin et il n'a pas pu m'aider. Pour lui, j'étais trop tracassée par quelque chose que je refusais de lui dire. Mais comment dire à un médecin que j'ai rencontré une personne qui est une star connue mondialement et que j'ai eu la maladresse de perdre l'unique chance de le contacter ?

Je marque une nouvelle pause et regarde les vagues faire des va-et-vient sur mes pieds et reprends à nouveau. Je lui rappelle ce que je lui avais dit, sur le toit, le jour où j'ai pris ma décision. Mon cœur ne cri qu'après lui et ces trois derniers mois encore plus.

— Chaque jour je me demandais si j'allais enfin te retrouver ou non. Chaque jour a été une torture pour moi.

Je lui avoue qu'il y a trois semaines mon chef a voulu mettre au repos forcé mais j'ai refusé. Je savais que la douleur n'allait pas disparaître, que je fournisse des efforts ou non. Donc je lui ai promis d'en faire et d'être plus attentif au travail.

À chaque parole, mon cœur se serre mais je ne peux plus m'arrêter, c'est comme si mon cœur parlait à ma place. Je continue, toujours avec son silence, comme je le lui ai demandé, et lui raconte mon réveil à l'hôpital. Je ne me souvenais vraiment de rien. Le médecin m'avait dit que c'était à la suite d'un choc émotionnel. Mais j'étais très loin de m'imaginer que c'était lui. Je me suis disputé avec Ilan, ce jour-là, et Emmy a dû tout me révéler. Quand Emmy m'a donné le bout de papier avec ce fameux mot, je refusais de la croire. J'avais conservé le précédent dans mon portefeuille pour qu'il m'accompagne partout où je vais et surtout pour avoir un bout de lui avec moi.

Jung-Hwa fait toujours silence radio, dans mon dos et mon cœur continue de lui parler dans les moindres détails. Ma gorge de serre et je retiens mes larmes comme je le peux pour qu'il comprenne chaque mot. Je lui fais remarquer que j'ai appris à le connaître en tant que personne et non en tant qu'artiste. Ce qui m'a beaucoup surpris c'est qu'il paraît moins timide que je le pensais. Durant une émission, il avait admis être extrêmement timide et s'il rencontrait la femme de sa vie il aurait beaucoup de mal à s'avancer vers elle. Ce que je lui avoue m'a beaucoup fait rire.

Je lui avoue qu'il a toujours été mon préféré dans le groupe, malgré qu'il ne soit pas le leader. Je lui dis que je le regardais par admiration au début, mais plus je passe du temps avec lui, plus mes sentiments changeaient et grandissaient.

Je lui raconte la conversation que j'ai eue avec Emmy, à ma journée d'anniversaire. Il sait déjà que je ne suis pas une personne qui exprime ses sentiments et quand quelque chose ne va pas, je me renferme sur moi-même.

— Ce que je veux te dire c'est que tu fais sortir le meilleur de moi-même.

Je me retourne lentement et lui fais face. Il n'a pas bougé, ses yeux sont injectés de sang et son visage humide. Le mien l'est aussi, sans que je m'en aperçoive. Mes larmes ont coulé seules. Mon regard fixe le sien et je lui fais signe de ne toujours pas bouger.

J'ai l'impression que mon cœur veut sortir de ma poitrine, tellement qu'il va fort. Je le sens à chaque battement dans mon corps. Ma gorge serrée, je comprends que mon cœur est enfin prêt à lui dire ce moment que j'ai tant redouté. Une boule dans ma gorge se forme et mes yeux commencent à me piquer, de nouveau. C'est le moment, je le sens ! Mon cœur n'attend que ça. Je lui dis enfin ce que mon cœur n'arrête pas de crier en silence depuis que nos regards se sont croisés la première fois. Il est l'adrénaline qui court dans mes veines quand s'il s'approche moi. Il est les papillons qui volent dans mon ventre quand il pose le regard sur moi. Il est la raison de mes frissons quand il me touche.

— Je t'aime, Jung-Hwa ! lui dis-je.

Courant vers moi, il pose sa main sur mon visage et me fixe du regard. Il se baisse et m'embrasse avec une force dont il n'avait jamais fait preuve auparavant. Derrière nos larmes, ce baiser était tant attendu de nous. Mon cœur a parlé sans que je le contrôle et il me dit qu'il n'a pas eu tort de me forcer à me dévoiler. Jung-Hwa relève son visage et fixe mon regard comme il l'a toujours fait. Remplie de tendresse, de désir et d'amour. Il pose son front sur le mien et dans un chuchotement il révèle, lui aussi, ce qu'il a sur le cœur.

— Je t'aime tellement, Amanda ! Si tu savais, me dit-il.

Chapitre 55
La fuite

Un peu plus d'un mois est passé depuis le départ de Jung-Hwa. On s'est au téléphone aussi souvent que possible ou en Visio téléphonique dû au décalage horaire. Ce qui m'a rendu mon sourire et ma joie de vivre.

Après mes quinze jours de congés, Maxime m'a demandé des explications. J'ai dû contacter Jung-Hwa en Visio et lui demander son autorisation de tout expliquer à Maxime. Chose qu'il a acceptée mais en signant un papier de confidentialité, demander par monsieur Kim. Aussi surprenant que ça peut paraître Maxime ne m'a pas posé plus questions. Tout se déroule bien, pour que mon anonymat reste anonyme. J'ai repris ma vie et annulé mon rendez-vous avec ma psychologue.

Vendredi matin, première semaine de novembre. Journée ensoleillée, parfaite pour commencer une bonne journée. Je suis arrivé au travail de très bonne humeur. Tout le monde l'a remarqué et est heureux de me revoir sourire à nouveau, comme avant.

Je contrôle mes commandes reçues ce matin et Maxime me dit bonjour au loin. Je lui fais de grands signes et lui demande comment il se porte aujourd'hui. Il s'approche de moi, surpris de mon comportement et me sourit.

— De bonne humeur à ce que je vois !

— Oui de très bonne humeur même. Il fait beau, les oiseaux chantent et tout va pour moi !

Maxime lève les yeux au ciel et continue son chemin. Je suis de très bonne humeur car je sais Jung-Hwa m'appelle ce soir et que ça sera une bonne soirée comme à nos habitudes. Et je sais que les garçons seront là eux aussi.

Ma journée se passe à merveille. Je profite du beau temps pour nettoyer ma superbe Peugeot 208, au karcher du travail. Que je l'aime tant ma voiture. L'avantage de travailler dans un garage c'est qu'on économise le karcher en ville, qui lui est payant. Maxime arrive dans mon dos et ce plein de ma voiture. Pour lui, je dois arrêter d'admirer ma voiture parce qu'elle est moche. Depuis que ce modèle est sorti, j'ai vraiment eu un coup de cœur pour cette voiture et surtout dans cette couleur, jaune. Et j'ai toujours dit que j'allais l'avoir un jour.

— Maintenant que tu l'as je dois l'avoir sous les yeux tous les jours !

— Très drôle ! Tien aide moi plutôt avec le karcher.

Maxime m'aide à remettre le karcher correctement à sa place, et je gare à nouveau ma voiture évitant de la mettre au soleil pour ne pas lui créer de traces avec le soleil dû au lavage.

Je reviens dans mon bureau et la tête de Pierre dépasse.

— Amanda, un monsieur te demande, me dit-il.

— Un monsieur ? Il veut quoi ? ai-je demandé.

Un monsieur ? Qui sa peut bien être ? Pierre me dit qu'il a demandé à parler avec la jeune fille qui travaille ici et comme je suis la seule, Pierre a compris que ce monsieur parler de moi. Je suis Pierre dans ses pas et m'approche du monsieur. Il est plutôt petit et il doit avoir environ mon âge.

— Bonjour monsieur, je peux vous aider ? lui demandai-je, souriante

— Bonjour madame, oui tout à fait.

— Je vous écoute, ai-je dit.

Le monsieur me demande si je suis bien la petite amie de la star de K-Pop la plus connue du monde, Pak Jung-Hwa. Mon sourire disparaît à la seconde où il me pose sa question. Le stress me monte et il se présente comme un journaliste. J'essaie de garder mon calme et lui fais la remarque qu'il m'a dérangée dans mon travail pour me poser une question complètement stupide.

— C'est bien vous sur cette photo ? me demande-t-il.

Il tend son portable dans ma direction et je vois la photo. C'est une photo privée, comment l'a-t-il eu ? On ne voit pas mon visage, chance pour moi.

— Je m'en souviendrais si c'était moi.

— Pourtant vous avez le même tatouage !

Je me fige, trahie par mon tatouage. Pierre m'écarte du journaliste et fait barrage entre lui est moi. Il lui confirme que ce n'est pas moi et qu'un tatouage comme celui que j'ai, n'importe qui peut l'avoir et que cela ne prouve pas mon identité sur la photo. Le journaliste le regarde avec insistance, puis tourne les talons et quitte la réception. Je retourne m'enfermer dans mon bureau, j'attrape vite mon portable pour appeler Jung-Hwa mais il ne me répond pas. Je retente à nouveau mais toujours aucune réponse.

Maxime rentre dans mon bureau et referme la porte derrière lui.

— C'était un journaliste ? me demande-t-il.

— Oui, je ne sais pas comment il a pu me trouver.

Maxime me demande de rester dans ma réserve et appelle la police.

— Tu finis dans trente minutes, ça va aller pour rentrer chez toi ?

— Oui, je pense, ai-je répondu.

Je tremble de partout. Comment m'a-t-il trouvé ? Où a-t-il eu cette photo ? L'appelle fini avec la police, il me dit qu'ils arrivent immédiatement et laisse sa phrase en suspense parce que des hurlements de fait entendre depuis la réception.

Je sors de mon bureau avec Maxime, pour savoir ce qu'il se passe. Une dizaine de journalistes se tient à l'accueil et des flashes m'aveuglent. Ils me mitraillent tous de photos et hurlent leurs questions. Je reste figée par la peur et Maxime comprend vite ce qu'il se passe. Il me pousse dans mon bureau. Il se passe ce que je redoutais le plus. Je ferme la porte arrière à clé et essaie de rappeler Jung-Hwa une fois de plus mais toujours sans réponse. Cachée au fond de mon stock, assise les genoux contre moi pour me protéger.

— Amanda ? Tu es où ? me demande Maxime.

— Je suis ici ! ai-je dit.

À travers les étagères, il se rapproche de moi et s'accroupit à ma hauteur.

— La police est là. Il ne répond toujours pas ?

— Non, je vais faire quoi, maintenant qu'ils savent qui je suis !

Il m'explique que la police fait sortir tout le monde et qu'ils viendront me voir après. Je déverrouille mon portable et rappelle Jung-Hwa mais toujours sans succès.

En présence des forces de l'ordre, les journalistes n'ont pas eu d'autre choix de quitter le garage. La police apparaît dans ma réserve et je sors de ma cachette. L'un d'eux m'explique qu'ils sont tous partis et qu'ils me suivront sur la route jusqu'à ce que je sois bien chez moi. Maxime m'autorise à partir un peu plutôt et la police me suit comme prévu. Mais dans mon rétroviseur, je vois une voiture qui nous suis. Arrivée devant mon immeuble, la rue est envahie par les journalistes. Mes voisins sont à leurs fenêtres et la police les éloigne pour que je puisse rentrer sur mon parking. Je descends de ma voiture et cours vite jusqu'à l'intérieur. Je ferme tous mes volets et fais entrer la police. J'éteins la caméra chez moi et la range dans mon meuble. J'explique à la police la situation et ils me demandent si je souhaite portait plainte pour atteinte à la vie privée. Je leur demande si c'est nécessaire d'en arriver là et me conseille de le faire, par sécurité. J'ai quarante-huit heures pour portait plainte et leur demande le week-end pour y réfléchir. La police quitte mon appartement et me dit qu'ils vont envoyer une patrouille pour la nuit.

J'essaie de joindre Jung-Hwa, encore une fois mais il ne me répond toujours pas. Mais que fait-il, pour ne pas me répondre ? J'essaie de joindre Ilan de toute urgence. Il me répond à la seconde sonnerie.

— Quoi ? me demande-t-il, tendu.

Ilan m'en veut encore pour cette histoire avec Jung-Hwa. On s'est revue quelquefois mais ça reste très tendu entre nous.

— Ilan ! dis-je.

Ma voix tremble. Ilan me demande ce qu'il se passe.

— J'ai besoin de toi ! Je peux venir te chercher dans vingt minutes ?

— Prépare des affaires ! me dit-il.

— D'accord !

Je raccroche et prépare un sac aussi vite que je le peux. Avant que la patrouille arrive faut que je sois partie. Je remplis les gamelles de mes chats à ras bord. Je rallume ma caméra et quitte mon appartement. Je rappelle Ilan et lui dis que je prends la route. Je lui demande de m'attendre au rond-point à côté de chez lui.

— Qu'est-ce qu'il se passe ?

— Je t'expliquerais !

Je raccroche et prends vite la route. Ils grimpent tous dans leurs voitures et camions et me suivent. La peur monte en moi.

Arrivé au rond-point, j'aperçois Ilan et Laura. Me stoppant à leur hauteur et leurs demandes de vite monter. Je n'attends pas qu'ils s'attachent et reprends la route. Ilan m'observe et me demande de m'expliquer. Je lui demande de regarder toutes les voitures derrière et lui explique que se sont tous des journalistes.

Ilan ne prononce pas un mot. Sur la voie rapide, je regarde Ilan au coin de l'œil.

— Conduit !

— Tu me laisses ta voiture ! me dit-il, surpris.

Je lui dis qu'une fois arrêter on aura que quelques secondes pour échanger nos places.

— Conduis le plus vite possible et cache-moi pour le week-end. Je t'en supplie !

Les amandes ? Je m'en chargerai ou m'arrangerai avec la police. Ilan est le meilleur conducteur que je connaisse pour pousser ma voiture à son maximum. Je n'ai confiance qu'en lui, pour ça.

— Tu es sûr de toi ? me demande Ilan.

— C'est le modèle sport, pousse-la au maximum !

Ilan n'hésite pas une seconde et pousse ma voiture au maximum. Après deux heures à essayer de semer les journalistes, Ilan a repris une vitesse normale. Il prend un chantier de terre, en plein milieu de la forêt et au bout ce chemin de terre, une maison s'y cache.

Chapitre 56
Rester caché

Je sors de la voiture et observe le lieu. Me cacher en pleine forêt. Je regarde Ilan et lui demande où nous nous trouvons.

— Personne ne sera que tu es ici ! me répond Ilan.

Ilan cache ma voiture dans le garage et un homme, qui d'avoir le même âge que moi, nous accueil. À mon souvenir, je n'ai jamais entendu parler de lui, pourtant j'ai rencontré tous les amis d'Ilan. Il nous fait rentrer à l'intérieur. Sa maison est en bois comme celle que l'on peut voir au ski. Elle est cachée à la vue de tous. C'est parfait pour le week-end et pour trouver une solution.

Laura et moi on se présente et j'apprends qu'il s'appelle Mickaël. Un bon ami d'Ilan depuis plus de dix ans.

Je continue mon observation. Je peux voir que l'intérieur est vraiment comme dans les chalets. Tout en bois et la décoration suit le design de la maison.

Il nous installe chacun dans une chambre et je lui demande si cette maison est à lui. Il me répond que son grand-père l'a fabriqué de ses propres mains et qu'il en a hérité à son décès.

— Ah ! Je suis désolé de l'apprendre ! lui dis-je, mal à l'aise.

— Ça fait quinze ans maintenant, ne t'inquiète pas ! me rassure-t-il.

— Merci, de m'accueillir chez toi !

— Pas de soucis, c'est un plaisir d'avoir du monde à la maison !

Je lui réponds seulement par un sourire et Mickaël quitte la chambre.

Je retourne au salon et Laura me demande pourquoi des journalistes me suivent.

— Euh… C'est très compliqué ! lui répondais-je.

— Dis-lui la vérité ! Façon ton visage sera partout demain ! dit Ilan en quittant la pièce.

Le voyant partir, mon cœur se serre. Il est toujours en colère contre moi et je ne peux pas lui en vouloir.

— M'expliquer quoi ? me demande Laura.

Je ne lui réponds pas mais lui montre une photo sur mon portable. Ses yeux s'agrandissent. Elle relève la tête dans ma direction.

— Attends ! Sérieux ? me demande-t-elle, choquée.

— Oui ! C'est bien lui, Pak Jung-Hwa ! lui dis-je.

Elle me demande si c'est bien le gars de mon groupe préféré et je lui confirme que oui.

— Voilà pourquoi les journalistes me suivent partout.

— J'en reste bouche bée ! me dit-elle.

Mon téléphone ne fait que sonner. Ma famille et mes amis essaient de me joindre mais je filtre leurs appels. Puis il y a des numéros inconnus aussi et je me dis que ça ne peut qu'être les journalistes. Je regarde la photo de Jung-Hwa et son nom s'affiche son mon écran. Je cours vite dans la chambre et me blottit contre le lit, au sol, je décroche.

— Jung-Hwa ! dis-je, désespéré.

— Amanda ! Qu'est-ce qu'il y a ? me demande-t-il, inquiet.

Je lui explique la fin de journée que je viens de passer.

— Tu es où ?

— Ilan m'a caché pour le week-end ! lui dis-je.

— D'accord ! Attends ! me dit-il.

Jung-Hwa décroche son portable et quitte la pièce, dans la quel il se trouve. Les deux garçons me demandent comment je vais. Je leur dis que je suis paniquée et qu'une personne a envoyé une photo de Jung-Hwa et de moi aux journalistes. Que j'ai également été trahie par mon tatouage.

— Jung-Hwa est au téléphone avec monsieur Kim ! me dit Choi Du-Joon.

Jung-Hwa revient dans la pièce et l'expression de son visage reste fermée. Il me dit que monsieur Kim l'a convoqué en urgence et qu'il me contacte quand il en ressortira.

— Reste avec ton meilleur ami pour le week-end. Je vais trouver une solution, ne t'inquiète pas ! me dit-il.

— D'accord !

Les trois garçons me font signe et quittent l'écran. Ne connaissant pas le monde des stars, je ne sais pas comment réagir. Mais je sais une chose ! C'est que je peux lui confiance et qu'il trouvera une solution. Il m'a demandé de rester cacher, donc je vais rester cacher.

Je m'allonge sur le lit et m'endors avec Jung-Hwa comme pensée.

Chapitre 57
Suis-je vraiment spéciale ?

Au réveil, le soleil transperce le volet, ce qui m'a réveillé. J'appelle ma mère pour la rassurer que je me porte bien et qu'Ilan m'ait caché pour le week-end. Ma mère craint pour moi et j'essaie de la rassurer mais ce n'est pas facile, parce que je crains autant qu'elle. La communication terminée, j'envoie un message groupé également pour rassurer mes proches que je vais bien.

Je me lève, ouvre la porte de la chambre et Ilan se tient devant moi, une tasse à la main.

— Tiens ! Un café, avec du lait et deux sucres ! me dit-il.

— Merci !

Il repart dans sa chambre et je rejoins Laura et Mickaël à la cuisine. Installé sur le plan de travail, Mickaël me regarde attentivement. Il me dit que je dois vraiment être une amie spéciale pour Ilan. Jusqu'à présent il n'a jamais ramené de personnes ici, même pas sa petite amie.

— Moi, même je ne le connaissais pas ! me dit Laura.

— C'est mon meilleur ami, c'est tout ! leur dis-je.

— Amanda ! Viens ici ! me dit Ilan, dans mon dos.

Je me retourne et je le regarde. Je le gronde et lui demande où sont passées ses bonnes manières. Et surtout de me parler mieux qu'il ne le fait actuellement. Il me regarde et ne répond pas. Je me retourne et continue de boire mon café. Avant que j'aie bu boire un gorgé, il me prend la tasse et la pose sur le plan de travail.

— Tu peux venir, s'il te plaît ?

— Spéciale ! C'est ce que je te disais ! dit Mickaël.

Je regarde Ilan et lui demande de quoi parle son ami. Ilan le regarde et lui demande de se taire.

Je suis Ilan et il nous enferme dans sa chambre. Je m'installe sur le petit fauteuil marron.

Ilan me fait la morale et me dit qu'avoir choisi une star mondialement connue, comme petit ami, je ne pourrais pas rester cacher toute ma vie. Je le regarde, agacé, et lui demande depuis quand il se soucis de moi et de mon bien être. Ça fait plus d'un mois que Jung-Hwa est repartie et qu'il m'adresse à peine la parole.

— C'est moi que tu appelais au secours pour le week-end !

— Et alors ! J'étais paniqué !

— C'est la seule raison ?

Non ! J'avais besoin de mon meilleur ami. La situation que l'on a depuis plus d'un mois m'est insupportable !

— Oui !

— Je vois !

— Quoi ? Dis-moi ce que tu penses réellement ! Vas-y, je t'écoute ! lui dis-je.

Ilan passe ses mains dans ses cheveux et souffle un bon coup. Il commence par me reprocher de ne pas avoir eu asse confiance en lui pour tout lui dire sur mon voyage en Corée. De ce qu'il s'est réellement passé. Il me reproche également que mettre éloigner de lui la blessée et qu'il regrette de n'avoir rien vu. Il s'en veut énormément.

— C'est donc ça le souci ! Tu m'as pardonné mais tu n'arrives pas à te pardonner ! lui dis-je.

— Et alors !

Je me lève, furieuse, et lui fais face. Je lui dis que depuis plus d'un mois je n'arrive pas à me pardonner de lui avoir caché la situation mais qu'en fait le souci vient de lui parce qu'il ne se pardonne pas le fait qu'il ne se soit pas occupé de moi correctement.

Ilan me fixe sans me dire un mot. Un air abattu s'affiche sur son visage mais je suis trop furieuse après lui pour continuer cette conversation.

— Je n'arrive pas à le croire ! lui dis-je.

— Amanda ! dit-il, tristement.

— Laisse-moi tranquille !

Je quitte la chambre et il me rattrape en plein milieu du salon

— Amanda, écoute-moi !

Je me retourne, lève mon doigt dans sa direction et lui dit que c'est lui qui va m'écouter. Je lui hurle qu'il se sent trahi, je peux le comprendre. Mais qu'il s'en veuille et qu'il rejette la faute sur moi, ça je ne le comprends pas. Tout ce temps je m'en suis voulu alors qu'il m'avait pardonné.

— Donc maintenant réfléchie et laisse-moi tranquille ! lui dis-je.

Installée sur le banc en bois dehors, Laura me rejoint et me tend une tasse.

— Tu connais Ilan ! Ça va lui passer !

— Je sais ! Tu savais qu'il s'en voulait aussi ?

Laura me regarde et me demande plus t'explication à ma question.

— Il s'en veut de n'avoir pas vu que je n'étais pas bien.

Laura me dit qu'elle en savait rien et que je suis la seule à qui Ilan parle de ses sentiments. Elle m'explique aussi ce que Mickaël parlait quand il dit que je suis une amie spéciale pour Ilan. Pour Laura, je suis une personne qui le comprend mieux que personne. Et elle me demande si je me rappelle le jour où il a perdu son meilleur ami. Comment ne pas m'en souvenir ? Le voir dans un état aussi désastreux m'avait brisé le cœur.

— Oui, je m'en souviens ! lui dis-je.

— C'est à ce moment précis que j'ai su que tu étais spécial pour lui ! me dit-elle.

— Je n'ai rien fait de spécial, mise à part le rejoindre !

Les yeux fixés sur ma tasse, Laura me dit qu'en hurlant son prénom et l'avoir fixé comme je l'avais fait, il s'est passé quelque chose en lui qu'elle ne pourra jamais décrire. Et doute également qu'Ilan puisse l'exprimer.

— C'est à ce moment précis que j'ai compris qui tu serais pour lui !

— Pourtant, je n'ai rien de spécial.

— Laisse-lui encore un peu de temps, tout ira mieux entre vous, me dit-elle.

— On verra bien !

Suis-je vraiment une amie spéciale pour lui ?

Chapitre 58
Adieu mon anonymat

Installé au salon, mon visage est affiché sur toutes les chaînes de télé. Des photos de moi et Jung-Hwa à l'aéroport de Paris et de moi à mon travail. La vidéo où Maxime me pousse dans mon bureau y passe également. Même sur Facebook, mon visage y est affiché aussi. Une vidéo attire mon attention. C'est une journaliste Coréenne. Elle est devant les locaux du label. Je mets sur Play et écoute attentivement.

« Nous connaissons l'identité de la petite amie de la star mondiale de la K-pop, Pak Jung-Hwa. D'après nos informations, elle serait française et habiterait dans une petite ville dans le nord de la France. Amanda, voici son prénom, travaillerait dans le monde automobile d'une grande chaîne française.

Hier soir, heure française, elle aurait réussi à semer, accompagnée d'une jeune femme et d'un jeune homme, les journalistes qui tentaient de la photographier. À l'heure actuelle, nous ne savons pas où elle a pu se cacher.

En ce qui concerne les Bunch of Boys, ils ont eu une réunion toute la nuit et n'en sont jamais ressortis. On ne sait pas quelle fin aura cette relation entre la star et la femme jeune cependant nous leur souhaitons notre soutien. »

La fin de la vidéo affiche les garçons sortant d'un van blanc et rentrant dans l'agence, casquette et lunettes sur leur visage. Je regarde les commentaires de la vidéo. Certains sont des messages haineux de personnes mal attentionnées mais aussi des messages de soutien. Certains fans demandent aux journalistes de me laisser tranquille.

La journée va être très longue. Mon visage est partout et mon téléphone ne fait que sonner. Mais je ne peux pas l'éteindre, par peur de rater l'appelle de Jung-Hwa. Je sais qu'il est toujours dans les locaux du label et je peux qu'attendre.

— Tu es vraiment une star maintenant, me dit Mickaël.

— Comment cette photo a-t-elle pu arriver jusqu'à ce journaliste ?

— Une personne aurait pu balancer à la presse ? me demande Mickaël.

— Je ne vois que ça !

Entre tous les messages que je reçois, je n'en lie que certains. Ceux de Justine, Méline et de Lili. Mon cœur ne fait qu'un bond.

Justine

Je vois ta tête partout sur les réseaux et à la télé, il se passe quoi ? C'est quoi cette histoire avec cette star ? C'est vraiment toi ?

Lili

Je pensais que l'on n'avait aucun secret ! Je suis déçue ! Réponds à mes appels !

Méline

Je suis actuellement au Japon pour un voyage d'affaires et ton visage est partout ! C'est vraiment toi ?

Je suis prise au dépourvu. Je ne sais pas quoi leur répondre autre que de leur confirmer que c'est bien moi et que je leur expliquerais plus tard. Je suis perdue et n'ai toujours pas de retour de Jung-Hwa. Ça commence à m'inquiéter.

Retournant sur les réseaux, une autre vidéo de la même journaliste apparaît.

« Les membres du groupe Bunch of Boys viennent de quitter les locaux de leur label.

Comme vous pouvez le constater, ils sont à visage caché et monsieur Pak Jung-Hwa refuse de répondre à toute question.

Pour le moment, nous ne savons toujours pas où se trouve, la petite amie du chanteur.

Nous espérons qu'elle se porte bien.

Dès que nous en saurons plus, nous vous tiendrons au courant. »

— Elle a dit quoi ? me demande Laura.

— Ils viennent de quitter les locaux. J'espère avoir de ses nouvelles bientôt.

— Attends, tu verras bien ! me dit-elle.

Combien de temps je vais devoir attendre ? Il est resté toute la nuit dans ces locaux, à trouver une solution.

— J'attendrais ! me dis-je.

Chapitre 59
Un retour difficile

Je ne me sens pas prête pour retourner au travail. Les journalistes se tiennent toujours devant chez moi et je suis sûr qu'ils sont devant le garage. Je n'ai eu aucune nouvelle de Jung-Hwa. Son téléphone est éteint et la peur qu'il m'ait abandonnée me traverse l'esprit.

Arrivé au travail avec un peu de retards à cause des journalistes, Maxime n'en prend pas compte et me demande dans son bureau. Il me demande où je me trouvais ce week-end et je lui dis qu'Ilan m'a caché.

— Tu as eu des retours de ton amoureux ? me demande-t-il.

— Pas depuis vendredi soir, et son portable est éteint.

— Je ne te veux pas en réception aujourd'hui et tu feras le tour pour aller en pause !

— D'accord ! lui dis-je.

Je retourne dans mon bureau, le cœur lourd. Je regarde à nouveau mon portable mais aucun message de Jung-Hwa. Hier j'ai passé mon après-midi à bloquer tous les numéros des journalistes pour être tranquille.

Onze heures. Pourquoi ne m'a-t-il toujours pas contactée ? M'a-t-il, vraiment abandonné ? Je tourne en rond dans ma réserve. Personne ne les a vus sortir de leurs appartements depuis qu'ils ont quitté les locaux très tôt samedi.

— Amanda ? Tu es où ? me demande Maxime.

— Ici !

Maxime me donne une liste de pièces à renvoyer en garantie et à jeter.

— Tu peux faire ça maintenant ? me demande-t-il.

— Oui !

— Je vais venir t'aider ! me dit-il, souriant.

Nous quittons ma réserve par la porte de derrière et il ouvre le volet qui fait un bruit insupportable. Je commence à chercher les pièces listées. Maxime me stoppe et me demande de le rejoindre.

— Tu as trouvé la pièce de quel dossier ? lui demandais-je.

— Aucun dossier ! Regarde là-bas ! me dit-il.

Il pointe la porte de livraison. Je tourne mon visage dans la direction indiquée. Mon cœur se serre et mes jambes tremblent, en ne pas pouvoir tenir debout. Maxime me rattrape de justesse et me maintient debout. Je le vois courir à vive allure dans ma direction et me serre dans ses bras.

— Je pensais que tu m'avais abandonnée ! lui dis-je.

— Jamais ! Jamais ! répète-t-il.

Il s'écarte et me dit qu'il m'expliquera tout plus tard. Dans son dos la voix de Choi Du-Joon se fait entendre.

— On peut lui dire bonjour, nous aussi ? demande-t-il.

Je stabilise mes jambes et m'approche d'eux. Ils me serrent, chacun à leur tour dans leurs bras et monsieur Yu me sourit. Je le serre dans mes bras et lui dis que je suis ravi de le revoir.

— Moi de même madame Amanda ! me répond monsieur Yu.

Je retourne et demande à Maxime comment il sut qu'ils étaient ici.

Maxime m'explique que Jung-Hwa s'est présenté lors de sa venue il y a deux mois et lui a expliqué la situation. Maxime sait tout depuis le début et ne m'a rien dit à la demande de Jung-Hwa. Monsieur Yu a joué l'interprète lors de leur entretien. Il lui a demandé un service. C'est que je le jour où je serais démasqué, il devait le contacter immédiatement et qu'il viendrait. Jung-Hwa savait très bien que j'allais perdre pied. Donc vendredi soir, Maxime a contacté monsieur Yu et lui a expliqué la situation en France. Jung-Hwa n'a pas hésité une seconde et est venue me rejoindre pour calmer les journalistes.

— Comment tu vas faire ? Ils sont incontrôlables ! dis-je à Jung-Hwa.

— Je ne sais pas comment mais je m'en charge !

Je lui demande également comment il a fait pour quitter leur appartement et la Corée sans que personne ne les voie. Il m'explique qu'il a agi de la même manière que la première fois. Mais je ne sais déjà pas comment ils ont fait la première fois.

Maxime m'explique qu'après une réunion avec le directeur et la possibilité qu'un jour je sois découverte, il a dû tenir au courant toute l'équipe et leur a fait signer une clause de confidentialité. En réfléchissant, je comprends mieux la réaction de Pierre, vendredi, et la façon dont il m'a défendu. Tout le monde savait que j'ai une star comme petit ami et personne n'a rien dit.

— Je les ai fait rentrer ici pour qu'ils soient tous devant les portes de l'atelier, me dit Maxime.

— Tout le monde va le savoir qu'il est ici, lui dis-je.

Jung-Hwa me dit qu'il est temps d'aller rencontrer les journalistes.

— Quoi ? Maintenant ? lui demandais-je.

— Plus vite ça sera fait, plus vite tu seras tranquille ! me répond-il.

Nous sommes, tous les cinq, enfermés dans le bureau de Maxime. Jung-Hwa a demandé à être seul, pour réfléchir au discours qu'il dira au journaliste. Monsieur Yu traduira.

— Quelqu'un devrait aller le voir, non ? demandais-je.

— Quand il veut être seul comme ça, vaut mieux le laisser seul ! me répond Dae-Hyun.

— Oui je sais mais… commençais-je à dire.

— Ne t'inquiète pas ! Il va bien, me dit Dae-Hyun, en me coupant la parole.

Je ne peux que fixer la sortie de mon bureau. Je me demande bien ce qu'il compte dire aux journalistes, une fois dehors. J'angoisse tellement que mes jambes tremblent et mes mains sont humides.

Je le vois enfin sortir et monsieur Yu sort à son tour et l'accompagne, jusqu'à l'extérieur. Je ne peux pas rester dans ce bureau, une seconde de plus et décide les suivre. Du-Joon et Dae-Hyun me rattrapent au milieu de la réception.

— Tu ne peux y aller ! Me dit ce dernier.

— Je resterai derrière la porte ! Promis, lui dis-je.

Je continue mon chemin et me cache derrière la porte. Je tends l'oreille et écoute ce qu'il dit. Par chance il n'a pas commencé son discours.

Bonjour, je suis Pak Jung-Hwa, du groupe de Bunch of Boys,

Monsieur Yu Min-Yu sera mon interprète !
Je ne répondrais à aucune question !

Monsieur Yu, répète en français chaque parole de Jung-Hwa. Je crains le discours de celui que j'aime, alors qu'il est ici pour apaiser les tensions.

Tout d'abord, je me suis entretenue avec le directeur de cette société très tôt ce matin et ce qui en est retourné c'est que chaque maison de presse ici présente et celles au domicile de mademoiselle Blink seront poursuivies pour non-respect de la vie privée d'autrui !
Pour ce qui est de la relation que j'entretiens avec mademoiselle Blink, cela s'avère être vraie.

Moi qui voulais rester anonyme, je pense que c'est raté !

À ce jour, nous ignorons comment vous avez pu trouver son identité. Mais une enquête a été ouverte, en Corée, ce samedi matin.
Par ailleurs nous avons été contactés par plusieurs journalistes coréens et français pour une interview privée. Après avoir mûrement réfléchi, je contacterai moi-même vos maisons de presse pour une interview exclusive !

Me retournant vers les deux garçons, je les regarde, les yeux grands ouverts.
— Comment ça une interview exclusive ? leur demandais-je, furieuse.
— Vois avec Jung-Hwa directement, me dit Du-Joon.
— Vendredi soir, lors de votre réunion, qu'est-ce qu'il s'est dit ?
Les deux garçons se regardent mal à l'aise.
— Répondez-moi ! leur criais-je.

Du-Joon, m'explique qu'à la seconde où Jung-Hwa a su que j'ai été démasquée, il est devenu fou. Dae-Hyun continue et raconte que Jung-Hwa a mis en place des poursuites judiciaires et que la meilleure idée qui en est ressortie c'est cette interview privée.

— Et vous croyez vraiment que je vais accepter ? leur demandais-je, furieuse.

— On sait que tu allais refuser mais essaie de comprendre la situation... me dit Du-Joon.

Je lui coupe la parole et lui hurle l'enfer que j'ai vécu ce week-end. Je ne me sentais pas en sécurité dans mon propre appartement. Je ne voulais pas revenir travailler par peur des journalistes. Je n'avais aucune nouvelle, pas le moindre signe de la part de Jung-Hwa ou de la leur.

— Et tu veux que je comprenne ce qu'il est en train de dire ? dis-je.

Du-Joon me rattrape en plein milieu de la réception et me bloque le passage.

— Il y aura une condition pour cette interview.

— Je ne veux pas le savoir !

Dae-Hyun crie mon prénom dans mon dos et je me retourne.

— La condition est de te laisser tranquille sinon pas d'interview.

— Mais je m'en moque ! leur dis-je.

Je continue ma route et traverse l'atelier sous le regard de mes collègues, furieuse. Arrivée sur le parking extérieur, je respire l'air frais pour me calmer. Une interview exclusive, comment a-t-il pu penser à ça ? Je suis sûre qu'il y avait d'autres solutions à la situation.

J'entends la porte s'ouvrir et me retourne par réflexe. Jung-Hwa fait me fait face et ne prononce aucun mot.

— Une interview exclusive ? Tu comptais m'en parler quand ? lui dis-je.

— C'est la meilleure solution que nous ayons trouvée pour que tu sois à nouveau tranquille ! me dit-il.

— Vous avez passé votre nuit en réunion pour ne trouver que cette solution !

Il baisse la tête et ne dit rien à ma réflexion. J'étouffe un rire nerveux.

— Je refuse cette interview ! Je la refuse ! lui dis-je.

Je me retourne et commence à faire les cent pas.

— Viens vivre en Corée avec moi ! me dit-il.

Je me stoppe dans ma marche et me retourne doucement. Choquée de ce qu'il vient de me demander.

— Quoi ?

Imprimé en Allemagne
Achevé d'imprimer en février 2022
Dépôt légal : février 2022

Pour

Le Lys Bleu Éditions
40, rue du Louvre
75001 Paris